눈물에는
체력이
녹아있어

눈물에는
체력이
녹아있어

한유리 지음

중앙books

나를 먹이고 살려온 친구와 애인 들에게.
아름답고 지혜로운 티라미수에게.

머리글

안녕하세요. 유리입니다. 이렇게 책의 형태로 만나게
되어 기쁩니다.

《눈물에는 체력이 녹아있어》에서는 그동안 언론에
기고했던 글, 웹 매거진이나 블로그를 통해 공개했던
글에 비공개 에세이를 더해 엮어보았습니다. 마음에
드실까요?

책이 잘 팔려서 기니피그 사룟값에 보탬이 되었으면
좋겠습니다. 친구들을 너무 크게 실망하게 만드는 매출이
아니기만을 바랍니다. 출간 소식을 들은 몇몇 친구가
자꾸 "우리 유리가 이참에 베스트셀러 작가가 돼서 부자
되는 게 아니냐"며 들뜬 소리를 하고 있는데, 제가 이름을
아는 사람 중에 책을 팔아 부자가 된 사람이 누가 있나
떠올려 보면 조앤 K. 롤링, 진중권 정도가 전부라서 몹시
곤란한 상황입니다. 작가 유리의 미래는 대체 어떻게
될 것인가? (과하게 긍정적인 방향으로) 잔뜩 기대 중인

친구들에게 출간 즉시 재고로 묻히기 십상인 한국 에세이
시장의 치열한 현실과 나날이 기울어가는 출판 업계의
슬픈 사정 같은 이야기는 알려주고 싶지 않네요. 독자
여러분의 도움이 필요합니다. 많은 구매 부탁드립니다.

시간과 지면이 허락하는 데까지, 고마운 사람에 관해
최대한 언급해두고 싶습니다.

먼저 우경진 편집자님께 고맙습니다. 인터넷 세상
이곳저곳에 흩어져 있던 제 글을 발견해주신 편집자님
덕분에 이 책이 만들어질 수 있었습니다. 글로 적어두지
않으면 이런 마음을 어디다 둬야 할지 몰라서 여기에
둡니다. 마지막까지 여러 과정을 꼼꼼하게 챙겨주셔서
정말 감사드립니다.

오랜 시간 동안 제 초고를 읽어줬던 친구 탈해에게
고맙습니다. 탈고까지 앞길이 막막해 보이는 순간에도

탈해가 늘 누구보다 먼저 읽고 응원해줬기 때문에 용기
내서 계속 쓸 수 있었어요. 그런 경험이 쌓이고 쌓여 n년
후, 저는 책을 내게 되었고, 탈해는 H 출판사의 편집자가
되었습니다. 재미있는 결과라고 생각합니다.

리타에게 고맙습니다. 처음 만났을 때만 해도 저는
그때의 모든 것을 바쳤던 직업─디지털 성폭력 문제에
대응하는 활동가─을 그만두고 서울대입구 길거리에
난파선마냥 박살 나있던 상태였는데 마침 가까운 곳에
살고 있던 리타가 나타나 제 일부를 조금 주워가 줘서
지금의 저를 다시 만들 수 있었어요. 리타가 이 부분을
읽으면 내가 언제 그랬냐고 반문할 것 같지만, 사실이
그렇습니다.

진하고 보얀 사골 국물 같은 글을 쓰는 작가, 안담에게
고맙습니다. 우리는 채식을 지향한지 오래됐으니까,
여기서의 사골 국물에는 비인간동물이 함유되어 있지

않은 것으로 하죠. 담과 친구가 되면서 저는 전보다 덜 외로워졌습니다. 처음으로 내 안에 뭔가 이상한 게 있다고 느낀 날이 있었어. 시끄러운 초등학교 교실 안에서 아무것도 하지 못하고 멍하니 앉아 왜 나는 남들과 친구가 되지 못할까 궁금해했던 날. 담아 너를 그날부터 기다렸어.

이젠 언급해선 안 될 사이가 되어버린 사람들을 포함해 이름을 적기 어려운 다른 고마운 사람들이 더 있지만 이만 줄이겠습니다. 영원히 사랑해요. 당신이 바라는 방식은 아니겠지만.

2022년 8월

유리

1부

이동하는 우리의 방

나는 지금 춘천으로 향하는 고속버스 안에서 안전벨트에
묶여 흔들리면서 이 글을 쓰고 있다. 저녁 식사로 먹은
감자튀김 때문에 속이 조금 메스껍다. 자꾸 모니터를
훔쳐보는 옆자리 사람도 신경 쓰인다. 그러나 마감을
놓쳐 고료를 받지 못하는 것보다는 이 모든 불편을
꿋꿋이 견뎌내며 한시바삐 글을 완성하는 편이 나을
것이다. 감자튀김 한 가닥도 사 먹을 수 없는 다음 달을
맞고 싶지 않다면 말이다.

버지니아 울프는 여성 작가가 자유롭게 글쓰기에
몰입하기 위해선 자기만의 방과 연간 오백 파운드의
수입이 필요하다고 말했다. 유산을 물려줄 친척 한 명
없이 혼자 글을 쓰는 여성이 그런 조건을 갖추는 게
현실적으로 가능한 일일까? 물가상승률까지 꼼꼼하게
반영했을 때, 당시의 오백 파운드는 현재 한화로 사천만

원 정도 된다고 한다. 지금 이 글을 쓰는 2018년 기준 서울 평균 집값은 칠억 구천이백이십팔만 원이다. 내가 받는 고료는 보통 200자 원고지 한 바닥에 팔천 원부터 시작한다.

이건 나라는 존재가 가지고 있는 본질적인 속성과도 연결된 아주 아득하고도 복합적인 문제다. 만약 갑자기 남녀가 평등해져서 '동일고용 동일노동 동일임금'이 이루어진다 해도, 작가가 아닌 다른 직업을 갖게 된다고 해도 내 처참한 돈벌이 능력이 이보다 나아질 것 같지는 않다. 글을 그만 쓸 것 같지도 않다. 그렇게 어떤 문장들은 별도리 없이 평생 돈도 방도 없을 사람의 손끝에서 태어나고 만다.

태어나고 난 다음, 연필을 쥘 만큼 손이 여물고 나서부터 그날그날 있었던 일을 기록하는 취미가 생겼다. 일기는 곧 나름의 기승전결을 갖춘 짧은 소설이 되었다. 반복되는 일상을 매번 다르게 쓰려고 시도하다가 이룬 발전이었다. 경험했던 일에 진짜로는 하지 않은 일까지 더해 쓰게 되자 지면이 부족해졌다. 나는 한 페이지로 서식이 맞춰져 있는 어린이용 일기장 대신 줄이 가득한 일반 노트를 샀다.

그 시절엔 서울에도 '마을'이란 개념이 있었다. 여자들이
남편과 아이를 집 밖으로 내보내느라 분주했던 아침을
마무리한 후 시간이 비는 한낮 동안 이 집 저 집을
건너다니며 서로의 살림을 들춰보곤 했다는 뜻이다.
내 첫 독자는 그 여자들이었다. 엄마와 그 무리는 내가
끄적이고 간 연습장을 샅샅이 뒤져 읽으면서도 그걸 숨길
생각조차 하지 않았다. 나 또한 그들의 뻔뻔함이 싫지
않아 내버려두었다. 사실 공식적인 자리에서 주제에 맞춰
써낸 글로 심사위원이나 선생님에게 칭찬받는 것보다
불시에 "어제 일기 재밌더라"고 아는 척해오는, 모르는
여자의 피드백을 듣는 게 훨씬 좋았던 것 같다.

어려서는 아버지, 커서는 남편이나 집주인 등
타인의 소유물 사이에서 먹고 자는 우리는 각자 다른
사람이었음에도 가끔 꼭 한 덩어리처럼 섞여있었다.
누운 해가 드는 거실에 배를 깔고 엎드려 독자들에게
읽힐 그날의 감상을 적다가 그런 알 수 없는 압도감에
사로잡히는 순간이 오면, 어떻게 소화해야 할지 모르겠는
마음 때문에 노트에 얼굴을 파묻고 숨을 참곤 했다. 머리

위로 나와 그들이 엮인 역사가 지나갔다.

주말이면 집집마다 진동하던 라면 냄새, 잠결에 듣는
여자와 아이의 맞는 소리들을 지나 가난의 가장자리에서
쓰고 쓰며 자라서 감자튀김 등의 글밥을 먹는 어른이
되었다. 지난 이 년 동안 이백여 개의 길고 짧은 글을
써냈고, 지금도 먹고살기 위해 일주일에 네 편 이상의
원고를 쓴다. 지하철, 버스, 길거리, 언제 어디에서든
끊임없이 움직이면서, 휴대폰이나 노트북을 붙들고 쓴다.
친구와 밥을 먹다가도 아이디어가 떠오르면 "잠깐만,
이거 오늘 마감이라서, 곧 끝나"라는 양해를 구하면서
메모장을 뜬다.

누군가는 내 글을 읽으며 돈도 방도 없어서 이렇게
됐다고 평하기도 할까? 지금이라도 생활의 초점을
자기만의 방을 얻는 일에 맞춰보는 게 좋을까? 그러나
살고 쓰는 일의 의미가 겨우 그것뿐일 리 없다. 내가 절대
가질 수 없는 게 있는, 그런데도 누군가는 나보다 덜 가질
수밖에 없는 세상에서 이토록 미련하게 쓰기를 멈추지

않는다는 것은―돈을 갖는 것, 나만의 무엇을 갖는
것 너머의―액체처럼 흘러가는 시간과 공간을 더듬는
꿈이라고 생각한다.

버스가 춘천 터미널에 가까워진 것 같다. 여기까지 온
이유는 아끼는 친구의 생일을 축하하기 위해서다. 잠시
후 버스가 멈추고, 나는 탈고 전부터 힘겹게 곁눈질로 이
글을 읽어주신 옆자리의 독자님과 함께 자리에서 일어나
떠날 것이다. 또 다른 글을 써낼 곁을 기꺼이 내어줄
친구의 방을 향해. 언제나, 이동하는 우리들의 방으로.

_웹진 〈달리봄〉 창간호 '자기만의 방'(2020.4.7.)

병든 밀레니얼, 잠이 오지 않는 밤의 스케치

잠을 제대로 잘 수 없게 된 지 이십 년 정도 됐다. 이쯤
되면 평범하게 잠들고 깨어나는 일이 어떤 것인지
까먹었다고 봐도 무방하다. 약을 먹지 않고 잠을 청하면
잠들더라도 네 시간에 한 번씩 깨어난다. 아예 잠들지
못할 때도 있는데, 그럴 때는 머릿속이 타닥타닥 타는
것처럼 경련하는 이상한 감각이 들고, 온 우주에
내려앉는 먼지 소리가 다 들린다. 몸에 갇힌 느낌을
어떻게든 해소해보려고 발버둥 치다가 다시 잠들려
노력하기를 여러 차례 반복하다 보면 어느새 아침이다.

그렇다면 복약이 해결책이 될 수 있을까? 전혀 아니다.
약은 나를 일정한 규격으로 기절시키는 역할을 해줄
뿐이다. 게다가 한 번 먹으면 약 기운이 가실 때까지
정신을 차릴 수가 없어서 소화해야 할 스케줄이 많은
시기에는 안 먹느니만 못하다. 부작용 문제도 있다.
최근에는 약 부작용에 따른 고통 때문에 달리는 기차
앞으로 뛰어들 생각까지 했다. 몇몇 외신 보도에 따르면

같은 부작용을 경험한 환자들이 종종 실제로 철로에
뛰어들곤 해 화제라고 한다.

어쨌든 의사한테 가면 하나같이 내게 정신병이 있어서
그런 거라고들 하는데, 이게 정말 병이라면 진심으로
낫고 싶다. 처음 우울증 진단을 받았던 십 대 때부터 삼십
대가 된 지금까지 안 해본 시도가 없다. 성실하게 병원에
다니며 약을 먹거나 상담을 받을 때도 있었고, 병이
아니라고 생각하며 의지로 이겨내려 했던 때도 있었다.
그러나 중간중간 병명이 바뀌거나 증상이 추가되기만
했을 뿐, 결과적으로는 아무것도 '치료'되지 않았다. 나는
여전히 잘 수 없고, 매일 죽음을 미루며 산다. 원래 그럴
수밖에 없는 사람처럼.

이런 상태로 오래 지내다 보면 점점 물리적인 병과
정신증을 잘 구분할 수 없게 된다. 그래서 아파도 병원에
가기가 싫어진다. 진료를 받아봤자 스트레스성이니 푹
쉬라는 진단—몇십만 원이나 하는 검사비가 든다!—이
나오기 때문이다. 피부에 발진이 돋아 고생하는 것도,
영문을 모를 근육통에 신음하게 되는 것도 검사해
보면 어차피 내 마음의 문제다. 한번은 두통이 너무

심해 신경외과로 보내졌다가 병원들을 돌고 돌아 결국
항우울제를 처방받은 적도 있다.

너무 총체적인 문제라서 혁명 말고 뭘 해야 할지
모르겠다. 현대 의학이 혼자 발전해서 괜찮아질
일이 아닌 듯하다. 예를 들어, 정신병원에서는 내게
주기적으로 입원을 권유한다. 그러나 입원비는? 병원에
들어가 있는 동안에도 그대로 출금될 집 월세는?
일하지 않은 자 먹지도 못하게 하는 내 업무들은, 나는
누가 책임져 줄까? 정신병원이 아닌 병원 또한 내게
주기적으로 휴식을 권유한다. 쉬는 게 좋다는 건 알겠다.
하지만 어떻게 쉬어야 할지 의문이다. 가족이 없고
주거가 불안정한, 저임금 노동을 하는 빈곤 여성이 푹 쉴
방법을 내가 빨리 알아내야 할 텐데….

이렇게만 써놓으면 무기력하게 누워있는 환자의
넋두리로 들릴 수도 있겠다. 엄살 심한 철부지라고
생각될 수도 있고. 하지만 글 밖의 나는 고통에 대해 잘
얘기하지 않는 편이다. 외려 건강함을 증명하기 위해
안달이 나 있다. '멀쩡하게' 할 일을 하면서, 아프다는
이유로 남에게 폐를 끼치지 않으려고 열심히 노력한다.

알다시피, 이런 종류의 고통은 늘 의심의 눈초리에 시달리게 되며, 그에 맞서 진실을 밝힐수록 말하는 사람만 불리해진다.

정신이든 몸이든 결함이 있는 사람은 노동시장에서 기피 대상이다. 나와 비슷한 수준으로 아픈 사람들을 경제적으로 지원하는 제도가 전무한 지금, 도움이 필요하다고 인정하는 행위는 당장의 생존을 위협하게 된다. 친밀한 관계에서도 배제되기 쉽다. 현대인들은 대부분 아픈 사람을 감당하기 부담스러워한다(아마 그들도 바쁘고 아파서 그럴 것이다). 그러니까 사실 이 글은 거짓말이다. 나는 괜찮다. 사람이 어떻게 이십 년 동안 잠을 못 잘 수가 있겠는가. 말도 안 되는 소리다. 요즘 코로나로 인한 불황 때문에 일거리가 떨어져서 새로운 직장을 구하고 있는데, 채용 담당자분께서 어쩌다가 우연히 이 글을 접하신다면 원고료를 받기 위해 쓴 소설로 읽어주시길 바란다.

거짓말 속에서, 누군가 책을 읽고 있다고 가정하자. 푹

쉬는 방법으로 계속 자살이 떠올라서 피곤한 사람이,
자신이 겪는 문제—정신병, 통증, 원인을 알 수 없는,
어느 정도는 세계가 원인인 듯한 고통—와 연관된
것들을 다룬 이야기를 찾아 읽는 중이라면.

좋은 이야기들은 분명 미래 세상에 보탬이 될 것이다.
그러나 그 사람에게는 아직 미래가 안 왔다. 그가 느끼는
바는 다음과 같다. 돌봄 받는 경험은 역시 가족이나 연인,
돈이 있지 않으면 어렵구나. 나는 오롯이 내 몫이다.
끝까지 정신 차리고 마지막의 마지막까지 스스로를
돌보지 않으면 그다음은 없다.

빈곤, 차별, 폭력…. 머릿속에 최초의 균열을 만든 원인이
무엇이었는지는 이제 중요하지 않다. 사회운동이 업무일
때만 가끔 말할 수 있을 것이다. 돌이킬 수 없는 과거의
사건들과 몸의 고통이 순서조차 알 수 없게 뒤죽박죽
섞여 기분 나쁜 퇴적물처럼 쌓여가는 매일, 손에 들린
연장이라고는 구글 캘린더와 스케줄러밖에 없을 때,
그 사람은 안 될 걸 알면서도 모든 실패됨과 거절당함,
역겨움과 수치심을 자기 관리의 신화 속으로 욱여넣는
선택을 해야만 한다. 그러고는 역류 현상이 일어나는

순간마다 다른 방법이 없음을 재확인하며 다짐하는
것이다.

다음엔 좀 더 나를 잘 관리해서… 들키지 않고…
성공해야지….

_⟨워커스⟩ (2021.1.)

물에 잘 녹는 물질

룸메이트가 새 밥을 지었다. 밥 냄새가 달고 짙어서
좋았다. 처음엔 밥이 아니라 다른 요리를 따로 한 게
아닌지 의심하였다. 재차 확인해봤는데, 그건 정말로
밥에서 나는 냄새가 맞았다…. 소복하게 갓 지은 밥 위에
맛있는 반찬을 올려 먹고 싶어져서 반찬거리를 사러 집
밖에 나갔다. 밖에는 비가 엄청난 기세로 내리고 있었다.
우산을 썼는데도 빗물이 허벅지까지 타고 올라왔다. 집과
마트 사이를 잇는 길을 힘겹게 걷던 중 이러다 객사할
것 같다는 생각이 들어 집으로 되돌아왔다. 흙탕물이
묻은 발을 씻으며 조금 침울해졌다. 이런 날씨엔 그냥
살아있기만 해도 춥고 괴롭다. 기운을 내서 식탁을
차리고 밥을 먹을 생각을 하다니 잘못이다.

잘못이야? 이게 잘못이야? 웃기지 마.

긴팔 비닐 옷을 입고 밖으로 다시 나가서 호박잎, 쌈
된장, 명란젓을 사 왔다.

요즘 출판사들은 카드뉴스 형식으로 만화를 그려 책을
홍보한다. 사람들이 가장 흥미로워할 것 같은 부분,
재미있어 할 것 같은 부분을 부각해서 그린 만화들이라
쉽게 눈길이 간다. 광고이기 때문에 뭔가 알려줄
듯하다가도 안 알려줘서 더 재밌다. 광고 다음에 올
내용을 알고 싶다면 책을 사서 읽어야 한다. 그러나
그렇게 사서 읽은 책들은 별로 재미가 없었다.

작년이었나, 내가 자주 겪는 통증을 묘사하면서 시작하는
책 광고를 본 적이 있다. 어렸을 때의 경험이 나의 고통을
결정했고, 이미 일어나 지나간 그 일들이 미래까지 날
좇되게 할 것임을 설명하는 책이었다. 역시 광고이기
때문에, 어떻게 하면 괜찮아지는지는 안 알려줬다. 나는 그
책을 안 샀다. 대신 그 만화를 캡처해서 친한 친구끼리만
보는 SNS에 올린 다음 엄청나게 욕을 했다. 어쩌라고?
그래서 어쩌라고 이 씹새끼들아? 어떻게 하면 되는지
안 알려주고 이런 걸 그리면 되냐? 죽을 때까지 참아?
정상으로 보이기 위해서 느끼는 것들의 대부분을 참고
견뎌? 알맹이는 하나도 변하지 않은 채? 변할 수 없는 채?

그건 친구들이 "하하 맞아 진짜 짜증 나" 하고 동조해
주다가도 점점 "어어⋯" 하면서 침묵하게 되는, 유리가
저러지 말았으면 좋겠다고 생각하게 되는, 그래서 올해의
유리는 그러지 않고 참게 되는 일. 샤워기 헤드에서
쏟아지는 뜨거운 물을 맞으면서, 빠르게 녹물이 스미는
샤워기 필터를 노려보면서.

싸우는 여자가 이긴다?

최근 처음 만난 페미니스트와 친해져 SNS 아이디를
교환하다가 당황한 적이 있다. 그분의 아이디를 아무리
검색해도 계정을 찾을 수가 없었는데, 알고 보니 서로
차단한 사이였던 것이다.

순간 머릿속에 온갖 생각이 스쳐 지나갔다. 나는
2015년부터 온라인에서 너무 많은 사람과 싸워왔다.
상대가 누구인지, 정확히 무슨 일이 있었는지 가늠조차
불가능할 정도로 패악을 떨었던 시기가 있었다. 그가
내게 뭘 어쨌는지 기억이 안 나는 걸 보면 아무래도
차단의 원인이 내 쪽에 있었던 게 아닌가 싶어서 일단
사과하는 게 좋겠다는 판단이 들었다. *아, 아마 제가
잘못했겠죠? 우리 화해해요…(하트)*

우리는 화해했고, 차단을 풀었고, 친구를 맺었다. 운이
좋은 날이었다.

물론 언제나 그렇게 운이 좋을 수는 없다. 업보를
회수하려고 노력해봤지만 잘 안 될 때가 더 많았다.
잘못을 하긴 했는데 사과할 수 없는 위치에 있는 사람도
있다. '날 미워하는 거 안다'는 어떤 가수의 목소리를 들을
때마다 부끄럽다. 시간을 돌릴 수만 있다면, 페미니즘의
이름으로 시작한 모든 일을 처음부터 다시 하고 싶다.

그래서 요즘 내가 가장 자주 하는 상상은 대한민국
넷페미사를 읽다가 잠들어 2015년 8월의 뜨거운
현장으로 회귀하는 것이다. *이게… 나?* 거울 속에
여섯 살이나 어린 여자가 있다. 소라넷이 폐쇄되고
성폭력처벌법 14조가 개정될 미래를 아는 그 애는
과거보다 덜 미쳤다.

몇몇 사람들이 사라지기 전에 먼저 찾아간다. 그때 그
사람을 돌본다. 지금은 알고 그때는 몰랐던 방법을
전부 동원해서 살자고 매달린다. 카페나 SNS에 뿌릴
콘텐츠를 선정하며 진심으로 주저한다. 다 봤으면서도
삼키는 증언이 생긴다. 날것 그대로의 자극적인 고발은

차마 하지 못하게 된다. 발언을 적게 한다. 덕분에 실수가
줄어든다. 자신이 멍청하다는 사실을 조금 눈치챘다.
다른 사람에게 훨씬 관대해진다. 우리에게 과도한 기대를
하지 않는다.

*내가 이 싸움을 끝내러 왔다, 온라인 공간의 성폭력이
근절되는 꼴을 보려고 활동에 뛰어들었다*…는 치기
어린 소리 따위 못한다. 어차피 육 년 뒤에도 안 끝날
일인 걸 아니까. 일보다 나를 더 챙기게 된다. 밥도
느긋하게 먹고 커피도 마시고 잠도 잔다. 친구도 만나고
애인이랑 데이트도 한다. 그 애는 아무도 해치지 않고,
누구와도 헤어지지 않으면서, 과거의 내가 밟고 지나온
모든 오판誤判을 피해 걷는다. 그러자 그의 움직임과
그를 둘러싼 풍경이 서서히 페이드아웃 되고, 그 이상의
이야기는 하얗게 흐려져 잘 보이지 않는 공백 상태로
이어진다. 그는 이미 내가 아니게 된 것이다!

내 상상 속인데도 이런 불행한 결말이 나온다는 게 너무
황당해서 몇 번이고 회귀를 반복해 봤지만, 달라지는 건
없었다. 이렇게 글로 적기까지 했으니 이젠 정말 그만
생각해야겠다. 어쩌겠는가. 견뎌야지.

불법촬영 및 유포 범죄에 맞서 싸우는 동안, 나는 자주
'싸우는 여자가 이긴다'는 문구에서 싸우는 여자를
담당하는 사람쯤으로 소개됐다. 아예 대놓고 '싸우는
우리가 이긴다'라는 타이틀을 단 채 잡지 표지에 서기도
했다. 조금만 검색해 보면 이 이상한 여자의 절박하고도
비장한 각오를 찾아볼 수 있는데, 정말 별 쓸데없는
말까지 다 해놨더라.

"전 소득 수준이 낮은 동네에서 자랐고, 장애나 성별에
대한 폭력에 늘 노출돼 있었습니다. 여성 살해나 매 맞는
아내, 성범죄 사건을 보고 자랐죠. 저 역시도 초등학생
시절 범죄 피해를 당할 뻔한 경험이 있었고요."[1]

기억난다. 학교 화장실에서 여아 대상 성폭력 사건이
일어나는 바람에 가정통신문에 화장실에 혼자 가서는 안
된다는 주의 문구가 붙던 시절이었다. 등굣길에 모르는
아저씨가 "미나야!"라고 부르면서 나를 껴안았던 날이
있었다. '저는 미나가 아닌데요'라는 대답을 할 새도 없이
그대로 질질 끌려가다가 가까스로 도망쳐 나왔다. 아빠는
엄마를 혼냈다. 초등학생인 내게 미니스커트를 입혔기
때문이었다.

"중학생 때부터 헤비 인터넷 유저였어요."[2]

틈틈이 인터넷 댓글 창을 돌아다니면서 성폭력 피해자의 옷차림을 탓하는 댓글과 싸웠다. 키배에서 이기기 위해 수단과 방법을 가리지 않으면서, 미니스커트를 입은 사람은 아무것도 잘못하지 않았다는 말을 악착같이 하고 다녔다.

"일찍부터 온라인 커뮤니티를 많이 접해, 디지털 성범죄 문제를 알고있었어요. 화장실 몰카부터 시작해 (생략) 영상을 봤어요."

그랬다. 보면서 저런 일을 당하지 않도록 조심해야겠다고 다짐했다. 성폭력은 미니스커트 입은 여자가 유발하는 사건이 아니라는 댓글을 다는 동시에 뭘 어떻게 조심해야 할지 확실히 알고 싶어서 남초 커뮤니티를 샅샅이 훑어보는 시기를 거쳤다. 어디서 남자 아이디를 구해다가 넷나베(ネナベ: 온라인에서 남성 행세를 하는 여성) 짓을 하며 픽업 아티스트 카페를 통해 형님들의 '비법'을 전수받기도 했다. 알면 알수록 도저히 조심해서는 피할 수 없다는 결론이 났다.

"무력감이 더 컸어요. 어차피 조심해도 소용없는
일이니까 일정 부분 포기하고 있었어요. 변화의
필요성이야 언제나 느끼고 있었지만 방법을 찾을 수
없었죠."[3]

그리고 2015년이 왔다. 성폭력 가해는 피해자의
옷차림과 관계없다는 내용의 댓글을 습관적으로 달고
있는데, 상대가 나를 자연스럽게 '메갈년(페미니스트나
여성을 낙인찍기 위해 사용되는 단어)'이라고 불렀다.

"이 싸움에 승산이 생겼다고, 내 삶의 일부를 한번 걸어볼
만해졌다고 느꼈어요."[4]

나는 다른 여자들과 함께 허우적거리며 이길 때까지
있으려고 노력했다. 기다리는 동안 몇 번 졌다.

_〈워커스〉(2021.3.)

1) 김양균, '몰카' 피해자에 울고, 불안한 미래에 울고, '쿠키뉴스', 2018.9.9.
2) 박수진, 울지마, 죽지마, 삭제해 줄게, '한겨레21', 2018.1.3.
3) 1)과 같은 기사.
4) 1)과 같은 기사.

이건 내 친구 얘긴데

익명의 여성 Y 씨는 토킹바 알바 얘기를 하고 싶어서
미칠 지경이 되었다. 바 안에서 너무 많은 일이
일어나는데, 그 일을 바 밖으로까지 가지고 나와서
살아갈 수밖에 없는데 그걸 평범하게 떳떳이 얘기할 수
없다는 게 괴로웠다. '아! 너무 괴롭다!'라고 비탄에 빠질
정도의 괴로움은 아니고, 모기에 물려 가려운 수준의
꾸준하고도 은은한 괴로움이다.

처음엔 Y도 아무렇지 않게 토킹바에서 일하는 얘기를
꺼냈다. 그런데 상대가 갑자기 Y 같은 여자들이 있어서
여성 인권이 퇴보하고 있다고 대답하는 게 아닌가.
상대의 표정을 본 Y는 왠지 모르게 자신의 경제적
어려움과 초라한 사생활을 필사적으로 설명하게 되었다.
치욕과 함께, Y는 깨달았다. *이거 말해서는 안 되는
거구나.*

Y는 생각했다. *나는 여성 인권에 해를 끼치고 있나?*

그렇다. 나는 여성이고, 인간이라서, 내게도 인권이
있다. 그리고 토킹바 알바는 내 인권을 훼손하고 있었다.
여성 인권이 후퇴하고 있는 것이다! 그리고 그것은 다
남자들이 못생겼기 때문이었다(그녀의 개인적인 생각이다. 이
책의 저자 유리의 입장은 다를 수 있다).

인권이란 인간으로서 당연히 누려야 할 권리를 뜻한다.
모든 사람은 태어날 때부터 자유롭고 동등하다는, 똑같은
존엄성과 권리를 가지고 있다는 일종의 신앙과도 같은
것이다. 헌법에 적힌 기본권은 이를 법적으로 보장하기
위함이라고 한다.

그러니까, 인간은 존엄하고, 가치 있고, 행복을 추구할
권리가 있음이 엄연히 법으로도 정해져 있는데, 그런데
토킹바 사장은 감히 예쁜 여자들을 뽑아서 이만 원
안팎의 시급을 주고 못생긴 남자들과 술을 마시게 하고
있다. 여자들은 술 마시는 동안 원치 않는 남자들이
보여서 자꾸 불행해진다.

결국 여성 인권 향상을 위해서는 남자 손님들을
성형시켜야만 한다는 결론이 나온다.

한편 Y는 토킹바 알바를 통해 한 달 생활비를 넉넉히
번다. 어제는 운 좋게 팁을 많이 받아서 그걸로 탄소섬유
난로를 샀다. 탄소섬유 난로는 전기 열선을 통해
열을 발생시키는 게 아니라서 전자파도 없고, 화재
위험으로부터도 안전하다. 대학 시절 고시원에 살면서
전기장판 화재로 죽을 뻔했던 Y는 이 혁신적인 난로의
존재가 너무나도 반갑다. Y가 집에 없는 동안에도 애를
기니피그 케이지 앞에 주야장천 틀어놓을 수 있다는
생각에 마음이 따뜻해진다. 탄소섬유 난로를 향한 Y의
이런 감정은 혹시 행복이 아닐까?

그렇다면 불행을 추구해야 행복을 살 수 있는 돈이
들어온다는 것인지? 여기서부터가 약간 헷갈리는
부분이다. Y가 밤마다 술을 마시며 추구하게 된 것은
불행인가, 불행 끝에 따라오게 되는 행복인가…. 여성
Y의 인권은 +(탄소섬유 난로)인가 −(팁 준 사람의
못생김)인가….

○○ 바 1

익히 알려진 대로, 여기에는 분명히 페미니스트로서
분개하며 알려야 할 문제가 있다. 당연한 얘기다. 그러나
문제는 이제 나란 사람이 매우 적극적으로 그 '문제'에
연루되었다는 점이다. 반성폭력, 반성매매를 외치는
단체에서 활동했던 사람이 이러면 안 되는 거 아닌가?

아무래도 내가 운동을 좀 못했던 모양이다. 계급 등
여러 취약성을 이유로 내 의지와는 상관없이 성매매되기
싫었으면 페미니즘 운동을 잘해서 여성이 해방된
자유로운 세상을 만들어 냈어야 했는데, 실패하는 바람에
활동을 그만두자마자 토킹바 알바가 돼버렸다. 성폭력과
성착취를 견디면서 돈을 받는 선택을 비/자발적으로 하게
됐다.

돈 때문에 웃어주는 재미없는 농담들이 다 내 업보로
쌓이는 중이다. 너무 많은 남자가 내 웃음에 용기를
얻고 바 밖으로, 세상 속으로 나아갔다. 나는 토킹바

알바로 채용된 순간 자매들을 향한 연대 의식까지 돈
받고 팔아버린 것일까? 이 죄를 어떻게 갚아야 한단
말인가? 심각하게 구려서 입에 담기도 싫은 그 농담들이
나로 인해 태어난 용기를 머금고 다른 여성 앞에서 반복
재생될 것을 생각하면 진심으로 눈물이 앞을 가린다.

멍청한 소리를 했던 놈, 함부로 손을 올렸던 놈, 그냥
존재가 잘못인 놈…. 그놈들이 다시는 말할 수 없는
상태가 될 때까지 술병으로 머리를 내려쳤어야 했는데,
왜 그러지 못했는가. 나의 페미니즘 실천이란 민간인
신분에 남은 미련, 다음 달에 내야 할 월세와 카드값
따위로 가로막을 수 있는 미약한 것이었구나.

그렇게 술에 취해 택시를 잡아타고 퇴근하는 길 위에서
이름도 모르는 여자들에게 몇 번이나 사죄했는지 모른다.
그놈을 살려 보내서 죄송합니다… 죄송합니다….

대학 시절 잠깐 비슷한 일을 했던 경험이 있긴 하지만,
너무 오랜만에 이쪽 일을 하려니까 약간 긴장되고 무서운

마음이 생겨서 업계 친구들을 통해 아는 사실도 한 번씩
더 확인했다. 페미위키 성노동 파트도 다시 찾아 읽었다.
활동할 때는 혼자 정식으로 성명서를 써서 항의할까
고민하기도 했던 항목이었는데, 내가 필요해서 찾아 읽게
되니 간사하게도 위안이 되는 글로 다가왔다. 성매매,
탈성매매, 반성매매 활동, 성매매를 반복하는 사람의
마음이란 이렇게 갈대와도 같은 것이다.

대충 여자로 보이면 된다고 했다. 눈이었으면 좋겠는
공간까지 아이라인을 칠하고, 입술을 빨갛게 만든 다음
바 조명을 쬐면 웬만한 여자는 다 팔린다는 익숙한
내용의 조언을 열심히 들으며 머리카락을 짧게 친
일을 후회했다. 긴 머리였으면 시급에 삼천 원은 더
붙었을 것이다. 평생 활동가로 살 수 있을 줄 알고 자른
머리카락이었다. 다시는, 다시는 무언가를 믿고 돈으로
교환할 수 있는 것을 버리지 않겠다고 결심했다. 내
미래를 보장할 수 있는 믿음은 어디에도 없으며 내가
가진 자원은 오직 나뿐이라는 사실을 배우는 수업료로
시급 마이너스 삼천 원 정도면 싸다고 생각하기로 했다.

나는 개중에 괜찮은 바에서 일하게 됐고, 거기서

요구하는 업무를 잘 수행할 수 있었다.

특히 친구 A의 격려가 큰 도움이 되었다.

> A: 야 남자는 단순해. 부끄부끄만 해주면 자지러짐.
>
> 일할 때도 빠가 처음이라고 어필 존나 하셈. 존나 좋아할걸.
>
> 뉴페에 미친 새끼들
>
> 나: ㅋㅋㅋㅋ 꿀팁 감사
>
> A: 양주 하나도 모르는 척 이거 어때요 해봐 개팔릴걸
>
> 나: 양주를 턱턱 사는 당신!!
>
> A: 헐… 나는 밖에서는 절대 못 먹는 이 술…
>
> 당신이 턱턱 사버린다구? 스게~
>
> 나: 너무 멋져~~ (당신의 턱을 때리는 상상)

정말 이 방법으로 양주를 많이 팔 수 있었다.

> A: 걍 암것도 몰라요ㅠ 난 애기예요. 이거로 나가. 환장한다. 술 빼
> 는 거 걸려도 오빠 넘 잘 마셔서 맞춰줄라 그래찌ㅠ 이카면 마법처
> 럼 녹아버림. 물론 처음에는 절대 아니라고 잡아떼야 됨

정말 이 방법으로 술을 잘 버릴 수 있었다.

출근하면 먼저 와있는 언니들이랑 반갑게 인사부터
한다. 부엌 구석에 마련된 간이 탈의실에서 바지를 벗고
미니스커트로 갈아입는다. 손님이 없는 시간에는 바에
참새처럼 쪼르르 앉아 언니들끼리 하는 이야기를 듣는다.
언니들과 내 관심사가 너무 달라서 나는 조용하고 착한
아이 포지션밖에 할 수 없다. 그래도 서로의 얼굴이
재미있기 때문에 괜찮다.

언니들이 요즘 만나는 남자가 어떤지 한참 들어주다 보면
하나둘 손님이 온다. 문 앞까지 달려 나가 손님을 붙잡고
밝게 웃는다. 최선을 다해 웃으며 메뉴판을 비싼 쪽으로
펼친다. 굳이 메뉴판을 반대쪽으로 돌려 맥주를 고르는
손님이 있으면 눈치껏 양주로 바꾸도록 유도한다. 될
때도 있고, 안 될 때도 있다.

첫 잔을 부딪치며 반갑다고 말한다. 손님 쪽에서 노력할
필요가 없도록 내가 알아서 대화를 이끈다.

서서히 술에 취하면서, 전부 해명하고 싶은 욕구와

싸운다. 여기에 내가 있게 된 건에 대하여. 나의
개인적이고도 정치적인 불행에 대하여. 아주 약간만
알려준다. '살기 힘들고 아파서 여기 있다'고, 어쩔 수
없이 여기 유입되었음을 거짓말을 섞어가며 증명한다.
한결 부드러워진 손님의 시선이 느껴진다. 저 남자가
나를 여자로 보고 있다. '여기'엔 분명히 페미니스트로서
분개하며 알려야 할 '문제'가 있다. 내가 연루된 문제. 그
문제가 심각해질수록 많은 돈이 입금된다.

끝나고 나서는 부엌 구석에 마련된 간이 탈의실에서
미니스커트를 벗고 바지로 갈아입는다.

아침이다.

○○ 바 2

여기엔 사장이 있고, 직원이 있다. 손님 중 일부는
직원을 아가씨나 여자라고 호명한다. 직원이면서 동시에
아가씨이고 여자인 나는 긴 테이블을 사이에 두고 손님과
마주 앉는다. 막대 모양의 높은 테이블은 어떤 장소가
토킹바이기 위한 확실한 필요조건인 것 같다.

손님은 여기서 나와 대화를 나누기 위해 술을 주문해야
한다. 맥주는 한 병에 일이만 원, 양주는 500mL에
십칠만 원부터 시작한다. 술값이라기보다는 여자, 혹은
직원의 노동력을 사는 가격에 가까운 것이다.

그러나 사장이 있고 바가 있고 술과 여자, 혹은 직원의
노동력을 살 수 있다고 해서 반드시 토킹바라고 할 수
있는 건 아니다. 같은 조건을 만족하는 장소야 얼마든지
더 있다. 룸에 가까운 형식으로 직원이 손님 옆자리에
앉는 착석 바, 특정한 유니폼이 정해져 있는 바 등 형태가
조금씩 다른 여러 업소들이 존재한다.

그렇다면 여기를 여기로 만드는 여기—앞으로 그냥 '빠'라고도 불러보자—만의 요소는 무엇인가? 여기를 여기 아닌 곳과 구분할 수 있게 하는 고유한 속성이 있을까? 착석이 없지만 이런 빠가 아닌 바가 가능하기 때문에 착석하지 않는다는 점만으로는 빠를 정의하기 부족하다. 같은 이유로 직원의 의상 또한 빠를 정의할 완벽한 충분조건이 될 수 없다. 성적인 신체 접촉, 2차, 스폰서 제의가 존재하는지의 여부? 그런 일은 편의점 알바를 하면서도 생긴다. 그러니까 성적 대상화 당하는 정도의 차이로도 '여기'와 '저기'를 구분하기가 어렵다.

더 수위 높은 바에서 하는 경험을 무급으로 당하고 싶은 날엔 짧은 바지에 민소매를 입고 1호선과 9호선 지하철을 교대로 타면 된다. 아니, 사실은 그냥 집에 가만히 있기만 해도 된다. 지난가을에는 누군가 새벽 두 시 오십팔 분에 집 문을 따고 들어오려 해서 경찰을 불러 가택침입으로 신고한 적이 있다. 그 남자는 들어와서 나랑 뭘 하려고 했을까? 나를 성매매 업소에서 봤다면 돈을 내야 했을 일이 공짜로 일어났을 것이다.

바꿔 말하자면, 돈을 받는 순간 경찰을 부르기 어렵게

된다. 결국 그런 암묵적인 룰의 수준만이 여기가
갖는 고유한 속성이 된다. 이 장소에 있는 여자는 이
정도까지만 창녀라는, 정해진 것보다 더 창녀 취급을
하면 제도적으로 벌을 받게 될 수도 있다는 미묘한 차이.

남자들이 선을 긋고, 넘는다. 언제나 선을 넘는 남자가
존재하기 때문에 어디까지가 이곳의 선인지 확인할 수
있다. 여기가 어딘지 알게 된다.

그래서 내가 일하고 있는 토킹바는 사장과 직원이 있고,
긴 테이블이 있고, 술과 여자, 혹은 직원의 노동력을 살
수 있는 곳이라 규정할 수 있다. 이때 이곳의 여자는 다른
종류의 바, 업소, 일상과 차이가 있는 특정한 위치에
놓인다. 여자들 각자의 머릿속에서 무슨 일이 일어나고
있는지와는 상관없이 여기서 '그런 여자'까지는 아닌 그런
여자로 묶여 그런 취급을 당한다.

어느 정도까지는 눈치껏 마음대로 해도 된다. 함부로
만질 수 없지만 돈을 얼마나 쓰느냐에 따라 만질 수 있는
부분이 생길 수도 있고, 편의점 카운터에 앉은 여자에게
제안할 때보다 훨씬 더 쉽게 2차와 스폰을 제안할 수

있다. 사무실에서 했다간 경찰서에 갈 만한 언행을 슬쩍
해봐도 되는 정도의 여자가 지금 여기에 있는 나다.

"애들아, 우리가 사실 알고 보면 웃음을 파는 일을 하는
거잖아. 그래도 완전히 '그런 여자'는 아니니까. 그러니까
몸가짐을 더 부끄럽지 않게 하자"라고 말했던 언니가
있었다. 나는 언니도 언니의 몸가짐도 좋아했지만,
언니에게 우리 위아래로 너무 많은 여자가 있다는 게
무섭지 않냐고 묻고 싶었다. 남자들이 선을 긋고, 넘었다.
내가 선을 넘으면 끝없이 밑으로 내려가거나 다른 여자가
있는 선 위에 서게 될 뿐이었다.

오해를 최소화하며 살고 싶다. 나와 내 주변의 진실에
대해 최대한 정확히 알고 싶다. 경험을 통해 조금씩
또렷해지는 것들을 잘 정리해두었다가 기회가 오면
놓치지 않고 좋은 방향으로 사용하고 싶다. 쓸모 있는
질문을 하고, 질문을 통해 도출된 답을 실제 행동으로
옮기고 싶다. 자기 앞가림도 못하는 주제에, 운동을 좀
못했다고는 해도 포기한다는 말은 아직 안 했던 것이다.

아직도 그런 방식으로 세상을 바꿀 수 있다고 믿는다.

그러나 안다는 것은 상처받는 일이다.[1] 상처가 나면
아파서, 나는 자꾸 내게 푹 빠져 호구 잡힌 손님 얘기,
남자들에게 받은 비싼 선물 자랑 같은 걸 하고 싶어진다.
한 글자 한 글자가 물살을 거슬러 올라가는 발걸음처럼
느리게 적혔다.

---

1) 정희진, "페미니즘의 도전", 교양인, 2017, 22p.

한자 빌런

*왜, 있잖아. 남자들은 여자가 뭔가를 안다는 걸 깨달으면
깜짝 놀라잖아. 여자를 무시하면서 위안을 얻고.
그래서 별 이상한 방식으로 사람을 시험한다니까? 손님
중에서는 한자로 신청곡을 적어 주는 사람도 있어….*

내가 일하는 바에는 '한자 빌런漢字 villain'이 온다.
친구들에게 몇 번 그 사람 얘기를 한 적도 있다. 말로
할 때는 웃음이 뒤따라 붙던 내용인데 글로 적으니까
말줄임표를 늘이게 된다. 망설이는 마음이 생긴 것이다.
그런 사람이 있다고 단호하게 마침표를 찍기엔 갑자기
그 사람을 모른다는 생각이 들고, 모르는 사람임을
인정하기엔 미워할 만큼은 안다는 생각이 든다.

나는 그를 싫어했다. 나만 그런 게 아니었다. 모든 직원이
그를 싫어했다. 그는 귀신같이 손님이 없는 타이밍에
나타나 바를 독차지한 채 한자로 신청곡을 적어 주곤
했다. 대화 중간중간에도 끊임없이 한자 문제를 냈다.

절대 맥주 여섯 병 이상은 먹지 않기 때문에 오래 붙잡고
공들일 필요도 없는 손님이었다. 비어 있는 바를 채우기
위해 어쩔 수 없이 상대해 주던 직원이 진저리를 치며
자리를 벗어난 후 혼자 남은 그는 바 구석에 묻은 얼룩
같아 보였다.

하여튼 나는 언니들에게 그의 악명을 꾸준히 전해
들었고, 마침내 그를 상대하러 출전하던 날엔 약간
의기양양한 기분마저 느꼈다. 조커에겐 배트맨이 있고
타노스에겐 어벤저스가 있는 법이다. 한자는 내 세계의
근본을 다진 문자였다.

엄마는 몸이 약해 초등학교에 제대로 다니지 못하는
나를 앉혀놓고 한문을 가르쳤다. 여덟 살에서 열 살로
자랄 때까지, 매일매일 한자로 받아쓰기를 했다. 문장 중
한 글자라도 틀리면 문장 전체를 다시 써야 했다. 틀린
문장은 그다음 날 받아쓰기 목록에 추가되었다. 두 번
틀리면 세 번, 세 번 틀리면 다섯 번으로 쓰기 횟수가
늘어났다. 그건 마치 나라는 재목에 대장경을 새기는

과정과도 같았다. 세월이 지나 글씨가 닳고 흐려져도,
거기 깃든 집념만은 오래도록 남아 불처럼 일렁이게 되는
것이다.

나는 신청곡이 있다고 하면서 종이에 한자를 적어
내려가는 그의 모습을 조용히 지켜보았다. 그리고
이게 무슨 뜻인지 애교스럽게 묻는 대신 종이를 들고
거침없이 일어나 멜론 플레이어에 오래된 노래들의
제목을 입력했다. 등 뒤로 따끔한 시선이 느껴졌다.
그때부터였다. 숨 막히는 한자 전쟁이 시작된 것은.

무슨 〈마법 천자문〉도 아니고, 한자 빌런과 한자
전쟁이라니, 진심인가? 적어도 그는 진심이었다. 그는
내가 있는 시간에 자주 오기 시작했다. 내가 한자를
안다는 사실은 의도적으로 삭제되었다. 처음인 것처럼,
종이에 한자 문제가 적혔다. 나는 해맑은 표정으로 가차
없이 모든 정답을 맞혀주었다. 그는 무슨 대단한 우연을
목격한 것처럼 행동하다가 떠났다. 그러고는 다른 문제를
가지고 다시 나타났다.

우리는 맥주 여섯 병을 여러 번 함께 마신 사이가 됐다.

그에 관한 몇 가지 정보가 생겼다. 결혼을 못 했다는 것, 아픈 엄마가 최근에 돌아가셨다는 것, 여자를 갈망한다는 것, 자기 비하가 심하다는 것…. 나는 어느새 증오를 담아 한자 문제를 풀고 있었다. 싫어하는 마음이 빠르게 미워하는 마음으로 변했다.

그는 가난한 과거를 가지고 있었다. 그래서 한자 빌런으로 자랄 수밖에 없었다.

나는 가난이란 그저 뭉개고 지나갈 수 있는 것이 아니라는 사실을 모르고 싶었다. 그러나 그는 여기 존재함으로써 가난했던 내 과거는 물론이고 지금 이 순간의 가난 또한 무사히 지나갈 수 없을 미래의 나까지 앞당겨왔다.

술자리마다 결혼 얘기, 엄마 얘기, 여자 얘기, 실패한 얘기가 반복됐다. 그리고 한자. 너무 추웠던 겨울 얘기, 배고팠던 얘기, 해외에서 막노동하면서 고생했던 얘기. 그리고 다시 한자. 나는 끝까지 한 글자도 져주지 않았다. 그를 알게 될수록 지고 싶지 않아졌다.

그 사람이 너무 끔찍해서, 그와는 달리 영원히 젊고
아름다운 상태로 남고 싶어서 미칠 것 같았다.

그러던 어느 날, 새로운 언니가 왔다. 남의 말을 잘
들어주는 능력을 가진 언니였다. 언니와 함께 한자 빌런
앞에 앉았다. 한자 빌런은 주역周易에 관해 얘기하기
시작했다. 첫날의 기세는 사라진 지 오래라서, 나는 그의
말에 최소한의 반응만 돌려주었다.

> 한자 빌런: 가만있어 봐, 이 주역이라는 글자를 이렇게 쪼개면….
> 나: 파자破字하면요.
> 한자 빌런: (무시) 이 주역이라는 글자는 말이야, 이렇게 쪼개면 또
> 다른 뜻이 생기는데….
> 나: (총기를 난사하는 상상)

그때 새로 온 언니가 빙그레 미소를 지으며 '바꿀 역易'
자를 가리켰다. 귀를 의심하게 하는 질문이 들렸다. *오빠,
이거 여덟 획이야?*

한자 빌런은 확연히 밝아진 얼굴로 한자의 획수를 세는
문제를 냈다. 언니는 문제를 잠깐 보다가 잘 모르겠다고
대답했다. 그리고 정답을 말하는 대신 한자를 어떻게
이렇게 잘 알게됐는지 물었다. 우리는 한자 빌런이
한자를 공부하게 된 사연을 처음으로 듣게 되었다.

*조카가 있어. 내 자식 같은 애야. 걜 가르치려고 내가
먼저 한자를 달달 외웠지. 한자능력검정시험 1급
자격증도 땄어. 나는 남들이 피상적으로 아는 것들을
깊이 있게 배우려고 노력해. 조카 공부시키려고.*

작은 기적이 펼쳐졌다. 언니는 그에게서 한 번도 듣지
못했던 환한 이야기를 끄집어냈다. 막노동을 처음
시작했을 때 그를 아껴주었던 어른 얘기, 반장님에게
"너는 꼭 넥타이 매"라는 말을 들었던 얘기, 그래서 진짜
넥타이를 매는 날도 생겼던 얘기까지. 그는 열기 띤
얼굴로 곧 서귀포에 갈 거라고 말했다. 거기에 조카가
살고 있다고 했다. 조카와 함께 살 계획을 설명하는
모습이 정말 행복해 보였다.

그가 별하고 대화하는 일기를 썼다고 했을 땐 조금

울고 싶었다. 추하고 늙은 눈 속에 작은 별이 와글와글
들어찬 채로, 그는 내게 시선을 돌려 '용비어천가'를
쓸 수 있겠냐고 물었다. 어려울 테니 자신이 먼저 써서
보여주겠다고, 똑같이 써내면 술을 더 사겠노라고
말했다. 나는 그가 틀리게 적은 '날 비飛' 자까지 정확히
고쳐서 적어주었다. *와, 저 맞혔죠? 한 잔 더 사는 거죠?*
높은 톤으로 올린 내 목소리가 어색하게 들렸다.

나는 그 후로 그의 앞에 앉지 않았다. 굳이 더 알고 싶은
게 없었다. 그가 새로 온 언니를 붙잡고 다음 주에 드디어
서귀포로 가게 됐다며 기뻐하는 소리만 지나가다 스치듯
들었다.

오랜만에 마주한 그는 스물세 병째 맥주를 마시는
중이었다. 왠지 다 알 것만 같아서 그에게 반가운 체를
하며 말을 붙여보았다. *서귀포 갔다면서요? 여기서
뭐 해요?* 새로 온 언니가 내게 그만 말하라는 눈치를
주었다. 나는 멈추고 싶지 않았다.

그러니까 씨발 새끼야, 왜 내가 한자를 안다는 걸 모르는
척해? 조카에게도 환영받지 못하는 주제에 왜 내게서
한자를 그렇게까지 지키려고 해. 왜 나 같은 술집
년에게만은 질 수 없다는 티를 내고 그랬어. 내 한자도
소중하단 말이야 개새끼야. 넌 이게 나한테 어떻게 남은
글자인 줄 알아? 우리 엄마가 어떻게 됐는지는 알아?

그러게 왜 여자 얘기를 나쁘게 하면서 나를 지저분하게
훑어봤어? 왜 여자 만나고 싶다고 하면서 내 몸을
만지려고 했어? 나도 네가 힘들고 좆같이 산 거 알아. 네
얘기 무슨 말인지 알아. 서귀포 간다고 했을 때 솔직히
나도 기뻤어. 그런데 네가 이미 내게 너무 더럽게 굴어서
기뻐할 수가 없었어.

실제로는 아무 말도 하지 않았다.

아무 말 없이 시끄러운 머릿속을 우주로 보낸다.
순식간에 소리가 차단된다. 부유하면서, 진공상태에서
키운 인간을 상상한다. 공기에 눌려 남자나 여자가
되지도 않고 복잡하고 어려운 경험을 할 필요도 없이
대충 자란 인간. 징그러운 여성 혐오자로 커서 바에서

술이나 처먹으며 삶을 갉아먹지 않을, 그래서 내가
미워할 이유도 슬퍼할 이유도 없어지는 사람.

불가능한 것은 그 불가능한 정도만큼 완전하고
매혹적이다. 그런 상상은 정교해질수록 현실을 배반할
뿐이다. 눈앞의 진짜 인간은 스물네 병째 맥주병을 따며
자신에게 익숙한 배반을 견디고 있었다.

취직

아침에 마감을 넘겨 질질 끌던 원고 하나를 털고 일어나
씻고 밥을 챙겨 먹고 신촌 면접 복장 대여소로 출발한
시각은 오후 두 시. 코로나 시국인데도 복작거리는 면접
복장 대여소. 엄청 뽀얗고 싱싱하고 보드라워 보이는
청년 인간들, 그들을 낳은 여자들, 그들에게 붙어 어울릴
만한 넥 칼라, 맞음 직한 바지 및 치마 길이를 대어 보는
직원들. *깔끔한 라운드 넥은 어떠세요?* 그중 한 명이
내게 말했고 나는 어떻다 할 생각 없이 찰랑거리는
라운드 넥 블라우스와 미끈하게 칼주름을 잡아 다린 바지
정장이 입혀져 면접 장소로 떠내려갔다.

멍….

왜 자꾸 거절당할까? 그 일을 할 수 있는데, 할 수 있다고
이만큼이나 증명했는데. 인터넷에서 다른 취준생들의
한탄을 검색해 본다. 이력서만 백오십 개 썼다는 사람의
취업 후기, 오십 군데를 지원했지만 다 떨어졌다는

유명인의 사연….

혹시 장애 있는 게 티 나나? 그럴 수도 있다. 시민사회?
운동권? 활동 판? 아무튼 이곳들을 조금이라도 벗어나면
내가 되게 이상한 사람 같다. 어딜 가면 짧은 머리카락에
바지 정장을 입은 여자가 나밖에 없다.

면접을 마치고 이상한 사람이 되어 남의 회사 로비에
있는 체온 측정기 앞을 서성이면서 울었던 날도 있다.
삑, 정상입니다. 삑, 정상입니다. 누군가 그 꼴을 보고
깜짝 놀라서 저런 미친 사람은 절대 뽑지 말아야겠다고
생각했을 수도 있다.

저녁 여섯 시, 카페에서 근무하던 중에 합격 발표 전화를
받았다. 근 이 개월간 한 번도 실감할 수 없었던 폭발적인
도파민 생산 파티가 벌어졌고 (그럴 생각이 아니었음에도) J
님이 집에서 가져온 체리주 두 잔을 마셔버린 후 사방이
깜깜한 길을 더듬으며 완전히 이 사건에 취해서, 지쳐서
너덜거리며 네 시간 전의 출발 지점으로 쓸려 돌아가다.

Track 9

안녕하세요. '병든 밀레니얼, 잠이 오지 않는 밤의
스케치'의 답장 같은 글을 보내는 이곳은 2021년 5월,
나뭇잎이 희미하게 반짝이는 초여름입니다. 잘 지내고
계시는가요.

그간 저는 '좋다'고 설명할 수 있는 직장에 정규직으로
취업하게 되었습니다. 고등학생 시절부터 서빙과 주방
보조 알바를 시작해 대학을 졸업하자마자 반성폭력
활동에 투신하게 되기 전까지 온갖 일─콜센터,
공장, 과외, 편의점, 백화점… 도저히 전부 적을 수가
없네요─을 다 해왔는데, 이렇게 육신을 노골적으로
깎아먹지 않으면서도 용모단정한 여자를 요구하지 않고,
제가 반대하는 가치관과 영합할 필요가 없는, 노동법을
철저히 지키는 일자리는 처음 만나봅니다.

익히 알고 계시겠지만, 위 문단을 적어놓고 보니
대한민국 노동 시장에 문제가 좀 있군요.

그럼 전에 고백했던 수면 장애는 어떻게, 해결이
되었을까요? 그럴 리가 없죠. 오전 아홉 시에 출근해
오후 여섯 시에 퇴근하는 평일을 육십여 차례 반복하는
동안 가장 힘들었던 부분은 역시 잠이었습니다.

그래도 전보다는 나아졌다고 쓰고 싶어요. 수면제
기운이 머리에서 빠져나가는 시간을 맞추지 못했던 근무
초반에는 몸이 혼자 뇌 없이 움직이며 아침밥에 손가락을
넣는(대체 왜?) 등의 기행을 일삼았지만, 지금은 대충
적절한 타이밍에 깨어날 수 있게 된 것 같거든요. 환자들
특유의 착각이 아니기만을 바랍니다.

하여튼 저는 좋아요. 일곱 시 오십 분 즈음 현관문을
밀고 나가 큰길로 넘어가는 횡단보도 앞에 서면 비슷한
표정을 한 사람들이 하나둘 곁에 모입니다. 어둡고 흐린
하늘 아래, 밤사이 차게 식은 공기를 가르며 행군하는
직장인들. 그들 중 한 명이 바로 저예요! 손을 흔드는
제가 보이시나요? 지하철 역사로 향하는 무리에 합류
중입니다. 회사가 있는 깨끗하고 반듯한 동네로 가려면
서울 지하철 2호선 순환선을 반시계 방향으로 반 바퀴
돌아야 하기 때문입니다.

사회적 거리두기가 불가능한 출근길 전동차 안에서는
구석에 끼어 휴대폰 액정을 주시하는 것 외엔 달리 할 수
있는 게 없습니다. 유튜브 알고리즘은 아직도 '면접관이
듣고 싶어 하는 답변' '자소서 광탈을 피하는 방법'과 같은
영상을 추천 목록에 올려주네요. 취업 준비 기간의 광기
어린 플레이를 잊지 못한 모양입니다. 손가락이 앱과
앱 사이를 뒤적이며 새로운 관심사에 맞는 콘텐츠를
검색해봅니다.

그렇게 정신없이 인기 있는 영상을 시청하고, 밀린
뉴스를 읽고, 친구들의 SNS 업로드를 확인하고 나면
어느새 목적지에 도착해있어요. 근태 관리기에 지문을
찍고 사무실로 들어선 후엔 끝. 해야 할 일을 해내려고
노력하다 보면 차례대로 차분히 일과가 끝나고, 하고
싶은 말이 없다는 말 외엔 더 하고 싶은 말이 없어집니다.
업무를 잘하고 싶다는 마음과 실수 없이 결재를 한 단계
한 단계 밟아가는 과정이 무엇보다 커다랗게 느껴져요.

물론 세상에는 제 취업과 출근 외에도 시급하고 중대한

문제가 수도 없이 많습니다. 반성폭력 활동 분야 이슈만 추려 봐도 다른 할 말이 차고 넘쳐야 마땅한걸요. 하루 평균 성범죄 발생 건수가 거칠게 잡아 86건 언저리를 맴도는 사회니까요.

5월 8일인 어버이날에는 친족 성폭력 생존자들이 친족 성폭력 공소시효 폐지를 촉구하는 시위를 열었습니다. 친족 성폭력 공소시효는 십 년에 불과한데, 한국성폭력상담소 2019년 상담 통계에 따르면 첫 상담을 받기까지 십 년 넘게 걸린 피해자가 55.2%나 된다고 합니다. 6일에는 2차 피해 때문에 고통받아온 불법촬영 범죄 피해자가 성범죄 피해자 보호를 위한 제도적 변화를 촉구하는 국민 청원을 올렸습니다. 아동·청소년이 죽음에 이르거나 크게 다치게 된 성폭력 사건도 두어 건 보도되었습니다. 11일에는 경찰 단톡방 성희롱 사건 수사가 시작되었습니다. 직장 동료를 두고 성희롱 메시지를 주고받은 남경들은 성범죄 수사 및 경찰 비위 조사 등의 업무를 담당하고 있었다고 합니다. 12일에는 한 대학교수가 실명을 내걸고 교수 간 성폭력 사건에 관한 대학의 미온적 대처를 고발했습니다. 피해를 입은 교수는 가해 교수를 학생과 분리 조치할 것을 요구하며,

여자 교수가 강간을 당해도 이런 식이라면 학생들이
피해를 입었을 때는 어떻게 하겠느냐고 물었습니다.

그리고 또 무슨 일이 있지? 어… 페미니즘 백래시…
페미니즘에 반발하는 남초 커뮤니티 유저들의 움직임이
있구나. 그렇구나….

그냥 이런 시기도 있는 거겠죠. 조용히 있고 싶을 때요.
온 사방이 흑백 무성영화로 변한 기분입니다. 슬픔이나
분노가 탄생해도 잠시 피부 아래로 열감이 일었다가
빠지는 것처럼 쓱 흘러가 버립니다. 평안해진 것과는
달라요. 평안과 무감의 같지 않은 얼굴을 매일 자세히
알아가고 있습니다.

어쩌면 아프기 때문일지도 모릅니다. 감정에 동요가
생기지 않는 것 또한 증상일지도 모릅니다. 저는 왜
아플까요? 의사의 견해에 따르면, 스트레스를 받기
때문이라고 합니다. 그렇지만 현재 저의 가장 큰
스트레스 요인은 병원비인데요. 병원비가 너무 많이
들어서 스트레스 받는데요. 취업 후 생긴 여유보다
병원비의 크기가 커져서, 생활비와 병원비를 합치면

월급을 초과하는 숫자가 나오게 돼서요.

연쇄적으로 침몰하는 생활의 고리를 끊어보려고 틈틈이
운동을 합니다. 양질의 채소에 묻은 흙을 털고, 흐르는
물에 씻어 요리를 합니다. 술을 끊고 약을 먹습니다.
분명 좋은 직장을 얻은 덕분에 할 수 있게 된 시도가
맞고, 수면 장애가 나아진 것처럼 몸 상태도 차차 전보다
나아지겠죠. 저는 제가 뭐든 할 수 있다고 생각합니다.
할 수 없게 되기 전까지는요. 하지만 그다음은 뭘까?
나아지면 다음엔 뭐가 있을까? 만약 나아지지 않는다면?
누가 저를 가지고 죽지만 않게 살려 두는 게임을 하는
것 같아요. 행복이 자꾸 미래에 있어요. 무슨 방법이
없을까요?

퇴근길 풍경을 전하며 이만 줄이겠습니다.

합정역과 당산역 사이에는 지상 철교 위를 달리는 구간이
있습니다. 창밖의 어둠이 걷히고 하늘이 탁 열리는
순간이요. 발아래로는 너른 한강이 흐르고, 뉘엿이 누운

해가 세상 만물의 윤곽을 부드럽게 매만지는 가운데
물결이 잘게 구겨진 사탕 껍질처럼 빛나죠. 혹시라도
제가 보는 것들이 당신께도 보인다면, 여기서는 위험하지
않은 음악을 들으세요. 계속 살아갈 수 있도록.

_〈워커스〉(2021.5.)

2부

기니피그 키우는 얘기 1

티라미수와 인절미는 내가 전에 남편이라고 부르던
사람이 사 왔다. 동물은 '사 오는' 게 아니라는 가르침보다
이 털 뭉치들의 정체를 찾아보는 일이 급했고, 집 안에
데리고 와버린 이상 싸움은 의미가 없는 것 같아 일단은
기뻐하기로 했다. 책임을 피할 수 없는 것들을 진심으로
아끼고 사랑해보려고 하는 습관이 있다. 그것을 위해
써야 하는 시간이 길수록, 그렇게 하는 편이 내게도
좋았다. *기니피그는 뭘 먹나요.* 인터넷에 질문 글을
올리자 다정한 답변들이 달렸다.

머리 부분에는 검은색, 몸통에는 커피색과 크림색 털이
층층이 난 아이에게는 '티라미수'라는 이름을 붙였다.
몸 전체가 노릇하게 구운 콩가루 색 털로 덮인 아이의
이름은 '인절미'가 되었다. 이마에만 난 희끗희끗한 털 한
쌈이 초등학교 시절 유행하던 브리지 염색을 떠올리게 해

귀여웠다.

티라미수와 인절미는 아무 일 없을 때도 서로 볼을 비비고 온몸을 뒤틀며 펄떡펄떡 뛰어오르곤 했다. 그 모습을 처음 봤을 때는 귀신이 들린 것이거나 갇혀 사는 스트레스 때문에 정신병 증상이 나타난 것인 줄 알고 놀랐지만, 곧 기니피그가 기분이 좋을 때 하는 행동임을 알고 안심할 수 있게 되었다. 이들의 빠르고 격렬한 점프는 마치 팝콘이 튀겨지는 것처럼 보인다는 이유로 '팝코닝popcorning'이라 불린다고 한다.

티라미수는 문외한이 보기에도 털 상태가 좋지 않았다. 몸 한구석에 땜빵까지 나있었다. '사 왔던' 마트에서부터 피부병을 가지고 왔던 것 같다. 남편과 나는 아이들의 건강 상태를 전체적으로 체크해 볼 겸 동물 병원에 갔다. 두 마리 다 육 개월 이상 나이를 먹은 성체이고, 티라미수는 암컷, 인절미는 수컷이라는 뜻밖의 결과가 나왔다. 왜 그렇게 팝코닝을 해대나 했더니, 서로 좋아 지내느라 그랬던 것이었다. 피부병 문제는 순식간에 뒷전이 되었다.

남편은 암컷 동물 두 마리를 원했고, 남편에게

'선물용'으로 기니피그를 추천했던 직원은 분명
인절미가 여자 아기라고 했었다. 나는 그런 줄로만
알고 둘에게 아가용 먹이를 주고 있었다. 티라미수와
인절미를 만나기 전에는 기니피그라는 동물 종을 글이나
이미지로도 접해본 적이 없어서 몰랐다. 심지어 다 자란
기니피그는 두 달에 한 번 네다섯 마리씩 새끼를 칠 수
있기 때문에 당장 분리해서 사육을 해야 했다. 모든
비용과 케이지가 차지하는 공간이 두 배로 늘어나게 된
것이다. 티라미수가 이미 임신을 해버렸을지도 모른다는
의사의 말에 눈앞이 캄캄해졌다. 우리는 그길로 마트에
가 인절미를 잘못 판매한 직원을 만나려 했다. 그러나
그곳에서는 또 다른 알바생이 영문을 모르겠다는
표정으로 우리를 맞아줄 뿐이었다.

동물 병원 앞에서 택시를 잡아타고 마트로 향하는 동안
짙은 피로감이 눈두덩이를 눌렀다. 동물을 인간이
사는 환경에서 살 수 있도록 돌보는 일은 생각보다
중노동이다. 나는 깨어있는 시간의 대부분을 아무것도
하지 않고 죽고 싶어 하는 일에 보내는 만성 우울증

환자였다. 애초에 기니피그를 원한 적도 없었다.

편해지고 싶었다. 지금이라도 더 잘 키워줄 사람을 만날 수 있도록 원래 있던 곳으로 돌려보내는 것이 인절미를 위한 일일지도 모른다고 생각했다.

그러나 인절미가 육 개월 넘게 살았을 소동물 코너의 작은 유리장 안에는 내 주먹의 절반만 한 진짜 아가들이 새로 들어차 있었다. 인절미와 진짜 아가의 크기 차이에 마음이 서늘해졌다. 환불해드리겠다는 직원의 말이 아주 먼 곳에서 들리는 것처럼 울렸다. 나는 인절미를 넣어둔 케이지를 꼭 끌어안았다. *이만큼 커질 때까지 너는 저 안에 들어 있었구나.* 아가들과 대조되어 확연히 늙어 보이는 인절미는 아무도 고르지 않을 것 같았다. 팔리지 않는 기니피그는 어디로 갈까?

너무 피곤해서 눈물이 났다. 책임을 피할 수 없는 것들을 진심으로 아끼고 사랑해보려고 하는 습관이 있다. 그런 시도는 대개 이런 종류의 눈물과 함께 성공한다.

_글배달 (2020.3.)

기니피그 키우는 얘기 2

나와 함께 사는 기니피그 두 마리는 털이 복슬복슬한
고구마 덩어리처럼 생겼다. 티라미수와 인절미라는
어엿한 이름이 있긴 하지만, 나는 그들을 대충
'털고구마 새끼들'이라고 묶어 부르곤 한다. 입에 특등품
블루베리를 물려주거나 발밑에 푹신한 새 베딩을
깔아주면 감정을 주체하지 못하고 온몸으로 *삑 뽁 삑 삑*
뛰어오르는 털고구마 새끼들! '터질 듯한 기쁨'이라는
말은 저런 몸짓을 표현하기 위해 만들어졌음이 틀림없다.

털고구마들—티라미수와 인절미—을 먹이고 씻기고
재우며 한 방에서 생활한 지 어언 오 년째, 그들은
이제 다른 인간과 나를 구분할 줄 안다. 내 발소리만
들어도 알아보고 반가워할 정도다. 병원 등 낯선 곳에서
기니피그로서는 이해하기 어려운, 두려운 상황에 처할
때마다 내가 어디에 있는지 찾고, 나를 부르는 소리를
내고, 내 쪽으로 달려와 품 안에 파고들며 안긴다. 그렇게
다가오는 털고구마의 표정에는 저 인간이 내 인간이라는

확신이 깃들어있다.

가장 못된 악당이라도 배반하기 껄끄러울 이 대단한 믿음 앞에서, 사랑이 아닌 마음을 꺼내선 안 될 것이다.

그러나 나는 살면서 단 한 번도 그들을 원한 적이 없었다. 사실 기니피그에 관한 그 어떤 생각도 해본 적 없다. 그냥 어쩌다 보니까 어느 날 갑자기 상상도 못 했던 방식으로 덜컥 기니피그를 가지게 되었다. 이미 비건 지향 페미니스트로 정체화한 후였기 때문에, 어디 갖다 버리거나 '환불'하는 처리는 어쭙잖은 윤리 의식이 허락하지 않았다. 다른 곳으로 입양 보내는 것 또한 입양을 기다리는 기존 유기 기니피그 숫자를 고려했을 때 가능하지 않은 선택지라고 느꼈다.

기니피그는 생각보다 손이 많이 가는 까다로운 동물종이다. 이들은 네 시간 이상 굶기면 배에 가스가 차는 병에 걸린다. 먼지 생기는 싸구려 베딩 위에서 기르면 호흡기 질환이 생기고, 청소와 영양 공급을 게을리하면 피부 질환이 생긴다. 야채를 잘못 먹이거나 마트에서 파는 알록달록한 사료 따위를 먹이면 빨리 죽을

수 있다. 너무 춥거나 덥거나 좁거나 시끄러운 곳에 둬도
쉽게 죽는다. 충분히 말을 걸어주고 관심을 보여주지
않을 경우 외로움에 말라 죽기도 한다.

'기니 바이 기니'의 특징이나 성격에 뒤따라오는 고생도
만만치 않다. 인절미의 경우, 나를 너무 싫어해서
인간에게 학대당한 경험이 있는 것 같다고 멋대로
짐작해야 했다. 그렇게 하지 않으면 먹이를 주고
집을 치워주는 나에게 달려들어 끊임없이 생채기를
내는 작은 동물을 해치게 될 것 같았다. 한번 피나는
손가락을 움켜쥐고 엉엉 우는 모습을 보여준 후로 기세가
누그러지긴 했지만, 인절미의 무는 버릇은 아주 오랫동안
고쳐지지 않았다. 한편 티라미수는 어째서인지 한쪽
발가락에서 계속 병이 났다. 티라미수의 병원비로만
백만 원 넘게 쏟아부어야 했던 시기가 몇 차례 있었다.
기니피그 마트 구입가는 이만오천 원에서 삼만 원
선이고, 지난 오 년간 내 한 달 평균 수입은 백사십사만
원가량이었다. 감히 그 애가 죽기를 바랐을 만큼 견디기
힘들었다.

맞다. 나는 털고구마들이 죽기를 바랐다. 그들을 살려

두기 위해 최선을 다하면서도 그런 생각을 멈출 수가
없었다. 너무 힘들어서 도저히 못 해먹겠다고 처음
느꼈던 순간에도, 얼마나 더 버텨야 '끝날지' 가늠하기
위해 기니피그의 평균 수명부터 검색해 봤다. 대략 팔
년이라는 기한이 제시되었다. 대충 기르면 이 년을 못
넘긴다고, 잘 돌봐야 오 년 이상 산다고 했다. 일부러
막 대할 수는 없으니까, 팔 년만 노력해보자는 다짐을
했다. 그렇게라도 남은 시간을 카운트해야 내 스트레스를
관리할 수 있었다.

몹시 고되고 더러웠던 어느 날, 기니피그 먹일 야채
한 봉지를 사 들고 길 위를 서성이다 겨우 집으로
들어갔던 새벽에, 가만히 볼을 부벼오는 기니피그의
머리뼈를 문지르다가 문득 엄마 생각이 났다. *전부
그만두고 싶은데, 여기서 손아귀 힘을 더 세게 주면 혹시
부서질까? 그때 엄마도 오늘의 나와 비슷한 심정이었던
걸까?*

옛날 옛적에, 우리 집이 있었을 때, 그 집 거실에는

이불로 만들어진 동굴이 있었다. 엄마가 들어있는
동굴이었다. 엄마는 아주 가끔씩 밖으로 나와 아주
조금씩만 움직였다. 불러도 들지를 않고 매달려도 잡히지
않았다. 동생들이 찾아야 아득히 멀리서부터 간신히
도착하는 유령처럼 되돌아왔다. 나는 엄마가 나를
선택적으로 거부한다는 사실을 서서히 깨달았다. 그
사람은 나를 후회하고 있었다.

왜 그랬을까? 직접 물어봐도 이렇다 할 대답이 나오지
않았기 때문에 오랜 시간 동안 혼자 고민해봤다. 나는
첫째 아이니까, 나로 인해서 아빠와 헤어지기 어렵게
되었으니 미웠을 수 있겠다. 내 얼굴이 아빠네 가족을
닮아서, 나만 보면 아빠가 생각나니까 보기 싫었을 수도
있겠다. 나의 탄생과 성장이 그 사람 몸에 병을 남겼다는
점이 원망스러웠을 수 있겠다. 나한테 돈이 많이 들어서,
너무 많이 먹어서 그랬을 수도 있다. 내가 자꾸 아프니까,
없는 살림에 병원비가 부담스러워 힘들다는 얘기는 이미
익히 들어 알고 있었다. 어쩌면 까탈스럽고, 짜증이 많고,
이것저것 욕심부리는 내 성격에 질렸을지도 모른다.
학교에 적응을 못 해서, 엄마를 선생님께 불려가게 해서
그런가? 청소년이 될 때까지 키워놓고 보니 공부도

기대만큼 못하고 징그럽게 커지기만 해서, 쓸모가 없어서
그런가?

아빠와 둘이서 엄마가 운전하는 차를 타고 어디론가 갈
일이 있었다. 아빠는 운전을 할 줄 몰라서, 대중교통이
발달하지 않은 지역에서의 모든 이동을 엄마에게
의지했다. 운전대를 잡은 엄마는 무표정한 얼굴로
한참을 달렸다. 규정 속도보다 빠른, 아슬아슬한
레이스였다. 브레이크가 제대로 작동하고는 있는 것인지
의심스러웠다. 그렇게 어느 기차 건널목 앞까지 달려간
우리는 그대로 죽을 뻔했다. 죽음과 거의 닿을락 말락
한 거리에서 차가 멈췄다. 갑작스러운 속도 변화에 몸
전체가 앞으로 쏘아지다시피 튕겨 나갔다. 안전벨트를
매지 않았더라면 크게 다쳤을 것이다.

무서운 정적이 짧게 흐른 후, 아빠가 길길이 날뛰기
시작했다. *이게 무슨 짓이냐, 지금 뭘 한 거냐!*
소리소리를 지르며 한참을 분노하던 아빠는 엄마에게서
별다른 반응이 돌아오지 않자 나를 붙들고 방금 일어난
일을 이해하냐고 다그쳤다. 나는 속으로 빌었다. *제발
닥쳐요 아빠…. 미친놈아… 제발 그만 말해…. 저 사람이*

아직 운전석에 앉아있다고….

거기서 우리끼리 살아 돌아갈 다른 방법은 없었다.
그래서 나는 아빠가 대체 무슨 소리를 하는 건지
전혀 모르겠다고 대답했다. 엄마에게 아무런 자극도
주지 않으려 안간힘을 썼다. 그러자 엄마가 갑자기
우리 쪽으로 고개를 돌리더니, 활짝 웃으면서, *하하!*
*미안!*이라고 말했다. 하하! 미안! 가벼운 사과와 함께
차가 다시 출발했다. 창밖으로 과거가 된 풍경이 휙휙
지나갔다. 엄마가 온 힘을 다해 마련해주었던 유년
시절의 좋은 추억, 사랑받았던 기억이 뜨겁게 떠올라
심장이 깨질 것 같았다. 어린 유리는 차창 쪽으로 시선을
고정한 채 영원히 끝난 시간들을 뒤로하며 눈물을 꾹
참았다. 그리고 그들은 낯선 미래에서 오래오래 살벌하게
헤어졌답니다. 회상 마침.

물론 나는 기니피그가 아니고, 내 삶과 엄마의 삶은
다르다. 그렇지만 대충 이해는 가도 안정적으로
갈무리하기 어려웠던 과거에 공감 가능한 구석이 더
늘어나는 건 별로 나쁘지 않은 기분이었다. 묘하게
진정되는 느낌이 머리부터 발끝까지 지나가자 어쩐지

기운이 빠져서 기계적으로 움직이던 손을 멈췄다.
털고구마 한 덩이가 축 늘어진 소매 끝을 물어 당겼다. 더
만져달라는 뜻이었다. 그 무렵의 털고구마는 그런 행동도
할 줄 알았다.

나는 털고구마들이 만족할 때까지 마저 쓰다듬어주었다.
야채를 달라고 빽빽 울길래 사 온 야채도 씻어 먹였다.
티라미수야, 인절미야. 작게 부르자 털고구마들이
*야채 씹는 입을 바쁘게 움직이면서 내 목소리에 주의를
기울였다. 누구든 일단 태어나면, 다 자라기까지 힘이
많이 들어. 한 사람에게 떠맡기지 않는 게 좋은데,
그런데 그게 잘 안 된다? 챱챱챱챱 사각사각 소리가
몽롱하게 배경음악처럼 깔렸다. 약해도, 아파도, 장애가
있어도, 돈이 많이 들어도, 앞으로 끝없이 잘못을
반복할 예정이라도, 심지어 태어난 게 민폐라도, 단
한 번도 원해진 적 없는 존재라 해도 살아갈 수 있어야
맞다는 얘기가 있거든. 그런 것 같긴 한데 진짜 잘 안
돼. 누군가는 책임을 져야 하는데, 버리거나 포기하거나
죽이지 않아야 하는데….*

털고구마들이 쉴 새 없이 사각거리며 그들의 인간을

바라보았다. 좋아하는 야채를 먹게 되어 즐거운 듯
보였다. 나는 더 말하지 않고, 남은 기력을 샅샅이
긁어모아 사랑하는 마음을 만들었다. *아니야, 미안해.*
그냥 사랑한다고. 사랑해. 더는 나를 물지 않는 인절미가
묵묵히 식사를 마치는 가운데, 티라미수가 폴짝폴짝
뛰어올랐다. 마치 사랑이라는 말을 특별히 알아듣는
것처럼.

바보들

기니피그들 발을 닦아줬다. 바닥 난방을 세게 틀었더니
티라미수 앞발에 살짝 곰팡이성 피부병이 생긴 듯하다.
며칠 약용 샴푸로 닦아 보고, 그래도 안 없어지면 병원에
데려가야 한다.

발바닥이 깨끗해진 기니피그들이 나를 원망하듯
쳐다봤다. 무슨 내가 자기들한테 못 할 짓이라도 했다는
듯이 흰 눈 뜨고 보는 게 어이가 없다. 나도 바둥거리는
너네 붙잡고 얼러가며 발 닦아주기 힘들어. 언젠가는
오늘 일이 무슨 뜻인지 알 거야. 내가 너희를 얼마나
사랑하는지 알 날이 있을 거야.

있을까?

에휴 사실 몰라도 상관없어. 오래 살아있기만 해주면.
만수무강해라.

이제 진짜 배민과의 천생연분을 끊는다

배달 음식을 너무 많이 시켜 먹는다.

그게 정말 내 인생의 문제가 되었다. 배달 음식을
끊으려고 앱을 지웠다 깔았다 하는데도, '배달의민족'
회원 등급이 계속 앱 내 최고 등급인 '천생연분'에
머무른다. 배달의민족에 위장을 내맡긴 채 살고
있다고 해도 과언이 아닌 것이다. 특히 원고 마감 등
회사 출퇴근 외에 추가로 해야 할 일이 있는 날에는
하루 세 끼를 전부, 완전히 배달로 때우게 된다. 오래
일하느라 힘드니까 막 아침 점심 저녁 사이사이에
커피와 디저트까지 시켜 먹는다. 지금도 모니터에서
눈을 떼기만 하면 책상 주변에 다 마신 커피잔 서너 개와
엉망진창으로 뜯어 먹은 과자 봉지 따위가 널려 있는
모습을 볼 수 있다.

정신없는 '일'의 파도가 지난 후, 배달 음식을 먹고 남은
플라스틱 용기를 정리하다 보면 내가 환경 부문에서

굉장히 언행이 불일치하는 중이라는 자괴감이 든다.
기후위기와 동물권을 걱정하는 주제에 이렇게 살면
안 된다. 매장된 플라스틱은 백 년 천 년 지나도 썩지
않는다. 지구 구석구석 각종 동식물의 몸을 거치며 잘게
부서져 미세 플라스틱이 될 뿐이다. 불에 태우면 유독성
물질이 나와 대기를 심각하게 오염시킨다. 인간이 그
뒤처리를 감당할 수 없으므로 안 만들고 안 쓰는 게 맞는
소재인데, 나는 다 알면서 또 이런 짓을 했다. 그렇게
괴로워한 다음 날에는 나름대로 플라스틱 쓰레기를
줄여보겠답시고 굳이 샐러디에서 단호박 두부샐러드
같은 걸 골라 먹어본다. 그건 그나마 종이 박스에 담겨
오기 때문이다.

그러나 종이도 결국 나무를 베어 만들어진다. 산림을
보호하기 위해 종이를 아껴야 한다고, 휴지 한 장도 아껴
써야 한다고 초등학교에서 배우지 않았나. 이미 제지
산업은 2018년 기준 약 550만 t의 온실가스를 배출하는
거대 산업이 됐다. 지금과 같은 상태에서 플라스틱 포장
용기를 전부 종이로 대체했다가는 나무를 비롯한 물과
에너지가 남아나지 않을 것이다. 플라스틱 활용이 종이
소비로 인한 환경 파괴를 지연시켜 준 측면도 있다는

건 이제 널리 알려진 사실이다. 가장 바람직한 행동은
다회용기나 장바구니를 들고 가까운 시장에서 직접
식재료를 구해 요리해 먹는 것임을 안다.

몰라서 하는 잘못도 아니고 원해서 먹는 음식도 아니다.
배달의민족과 천생연분 되기. 너무 끔찍한 사건 아닌가?
당연히 내게도 그럴듯한 버전의 변명이 있다.

나는 엄청 열심히, 많이 일하는데, 십 대 때부터
일했는데, 왠지 자꾸 돈이 없다. 어쩌다가 추가 수입이
생겨서 저축하려고 두면 딱 그만큼의 지출이 생긴다.
지난달에는 강의하고 받은 돈 이십일만 원이 남아서
잠시 기뻤는데, 냉장고가 고장 나는 바람에 고스란히
이십일만 원짜리 냉장고를 사게 되었다. 정말로 모든
수입과 지출이 이런 식이다. 일하느라 돈 쓸 시간도 없고,
일해봤자 돈이 생기지도 않으니까 어찌어찌 기묘하게
균형이 맞는 상태로 살아는 진다. 그러니까, 여기서 일을
그만두면 굴러떨어질 곳은 죽음뿐이다. 한 치의 과장도
없이 그렇게 느낀다.

굴러떨어지지 않으려고 해야 하는 일을 하다 보면 일 외의 생활이 처참해진다. 퇴근해서 집안일을 살피며 직접 밥을 해 먹으면 저녁을 밤 열 시에나 겨우 먹게 된다. 며칠 그렇게 살다보니 일할 수 있도록 스스로를 돌보는 시간이 임금노동시간을 제외한 내 평생이란 사실을 이론이 아닌 삶으로 실감할 수 있었다. 한번은 차라리 안 먹고 더 쉬는 게 낫다 싶어서 굶어가며 대충 살아봤다. 곧 병에 걸리더라. 시장이 요구하는 정도의 노동력을 내놓으려면 남이 해준 밥 먹고 남이 세탁해준 옷 입고 남이 치워준 집에서 자야 하는 것 같다. 혼자서는 도저히 못 하겠다.

배달 음식은 이런 내 삶에 꼭 맞는 한 조각 퍼즐, 운명적으로 다가온 상대 같다. 예로부터 배달 음식이란 밥 먹을 시간을 따로 내기 어려운 노동자가 살기 위해 먹는 밥이었다고, 2021년의 배달 음식은 그 확장판이라고 한다면 지나친 얘기일까? 언제 손님이 들이닥칠지 모르는 시장 바닥이나 상가 옷 가게 같은 곳에서 허겁지겁 입안에 털어 넣는 백반, 야근하는 직장인이 꾸역꾸역 삼키는 야식, 혹은 이사하는 날 주방을 쓸 수 없어서 먼지 날리는 바닥에 앉아 신문지

깔고 시켜 먹는 짜장면 같은 거. 세상에 여유와 즐거움을 위한 배달도 많다는 걸 알지만, 내 몫의 배달 음식은 좀 그렇게 생겼다.

그래서 어쩌라고? 아니 그런데 진짜 솔직히 음식 배달 서비스… 나 같은 사람 밥 먹이면서 굶어 죽지만 않게 부려먹으려는 자본주의의 기획 아닌지…. 아, 아니다. 지금은 변명할 때가 아니고, 변화할 때가 맞긴 하다. 어쨌든 지금부터라도 그만 시켜 먹어야 한다. 배달의민족을 운영하는 '우아한형제들'의 2020년 매출액이 일조 구백구십오억 원이라는데, 관련 쓰레기 규모도 규모지만, 누구 것인지도 모르겠는 아가리 속으로 착실히 입장료 내고 걸어 들어가고 있는 듯한 느낌에 너무 '현타'가 온다. 글 쓴 김에 배달의민족 앱 삭제하러 가야겠다.

나는 요즘 매주 금요일마다 페미니즘 비평, 번역, 강연을 기획하고 소개하는 〈OFF magazine〉에서 살림에 도가 튼 안담을 강사로 모셔 '냉장고 파먹기 워크숍'이라는 걸 진행하고 있다. 담과 함께 실천 가능한 식단을 짜고, 나물을 무쳐보고, 야채와 과일을 신선하게 보관하는 법을

배우는 등 여러 실습을 하다 보면 다음 달엔 배달 음식을
좀 덜 먹을 수도 있지 않을까 하는 작은 용기가 생긴다.
'일'로써 시간을 따로 빼서 다른 사람과 함께해보니까
요리든 뭐든 훨씬 할 만하다고 느껴지는 것도 신기하다.

물론 워크숍 좀 한다고 뭐가 크게 달라지지는 않을
것이다. 그렇게 쉬우면 애초에 인생의 문제가 되지도
않는다. 아무리 앱을 삭제해도 다시 깔게 되는 이유가
있었으니까. 그렇지만 이대로 무력하게 사회 탓만 하기
싫어서 꼼지락 움직여는 본다. 실제로 사회 탓이어도,
어떻게 해 지금 내가.

_〈워커스〉(2021.10.)

적절한 할 말이 없는 사람

직장에서 스몰토크 할 거리가 없다.

내 인생: 동성애, 기니피그, 안담, 리타, 자살, 성매매·성폭력 사건,

장애, 정신병….

한 퀴어 성노동자의 말씀: B 업소에 가면 선수들이 발가벗고 물구

나무서기 하면서 초이스 본대.

비슷한 애의 답변: 걔네 인생도 참… 기구하다.

진짜 이때 이 근래 들어서 가장 크게 활짝 웃었고

진심으로 아무 잔여물 없이 즐거울 수 있는 몇 안 되는

순간이라고 느꼈다.

여성의 날에는 아웃리치(outreach: 복지 서비스에 직접 접근이

어려운 대상자가 있을 법한 장소로 찾아가 도움을 제공하는 활동)를

돌았는데 익숙한 냄새가 나는 업주들을 어떤 태도로

대해야 할지 몰라서 옆에 친구랑 함께 까르르까르르

웃으며 이거 여성의 날 선물이니까 여자 거라고, 님은 못

준다고, 남자가 가지면 안 된다고 농담했던 일.

단속이 심해 뭔가 수상하다 싶으면 업소들이 문을 안
열어줘서 한번은 지하로 내려가는 계단에서 한참 업소
문을 두드리고 있었는데 그 가게 손님으로 추정되는
남자가 손에 숙취해소제를 잔뜩 든 채 오더니 "아니 여기
잠겼어요!? 안에 일행 있는데? 안 열려요?" 이러기도
했고 나는 왜 그랬는지 또 너무 농을 치고 싶어져서
그만 "네 여기 안 열려요~ 일행분들 납치당했나 봐요~
어떡해~" 이러면서 깔깔 웃어버리고 말았다.

혈액 검사

피검사를 또 했다. 바늘이 혈관으로 들어가는 느낌 너무
싫다. 탄성 있고 생기 있는 것을 아주 좁은 면적만 강하게
눌러 뽁(실제로는 공기가 들어가지 않으니까 이런 소리 따위 나지
않음)하고 뚫어버리는 느낌. 그 순간 바늘 주변의 혈관은
팔에 묶은 고무관과 같은 재질이 된다. 이 과정을 참는
데에 기력이 너무 많이 소모되어서 이날 저녁 내내 병든
병아리처럼 카페 구석에 웅크려 있었다.

그래도 약물 농도를 체크하기 위해 주기적으로 피를
뽑아야 한다는 설정은 좀 간지가 난다. 꽤나 제대로 된
정신병 환자 같구. 이거 어쩌면 힙한 거 아냐? (아냐…)
어쨌든 힘든 일을 패션 아이템으로 장착하면 모든 게 좀
나아진다.

약을 많이 먹는다.

아주 많이.

리타에게 거미 환각이 보인다고 고백했다.

"회사 화장실 변기에 앉아있는데 소매 안에서 검은색
거미 두 마리 세 마리가 기어 나와 팔 위를 돌아다녔어요.
이거 진짜인가? 진짜일 리 없는데. 그렇게 생각하고 다시
보니 거미들이 흔적도 없이 사라지고 없었어요. 걔들이
다 없어지고 난 다음 생각해보니 거미가 아니라 작은
집게 핀이었던 것 같기도 해요."

눈 감으면 시공간이 뚜두둑 꺾여 지나간다. 눈 떠보면
해로운 것들과 너무 가까이 있고. 가끔 황당하게
어딘가에 부딪힐 위기에 처한다. 시공간이 갑자기
꺾여서, 벽이나 모서리가 눈앞에 확 다가와 있어서
놀라는 일이 자주 있다. 그렇기에 세면대란 한 사람을
파괴하기 충분한 위험 시설인 것이다. 어떤 사람이
자신에게서 끌어낼 수 있는 최고의 초월적 면모는 계단,
병원, 보도블록의 경계, 지하철 문틈, 모서리, 세면대
등에서 발견된다. 일상생활은, 예를 들어서 치과 치료는
매우 거대한 도전이다. 지금도 누군가는 치과 의자에
누워 우주의 뒷모습을 본다.

얼마 전엔 정신과 의사와 갈등을 좀 빚었다.

의사: 꾸준히 공허하다는 언급을 했는데, 아직도 공허한 느낌이 남아있나요?

유리: 예예…. 그렇죠? 그런데요?

의사: 왜인 거 같아요?

유리: 왜인 거 같냐고요…?

의사: (답변을 기다린다)

유리: 어……

의사:

유리: 어… 일단 돈이 없고… 가족이 없어서…. 물론 전 세계적으로 안 좋은 상황인 사람이 참 많지만… 적어도 제 주변 사람 중에 저처럼 돈이 없으면서 가족도 없는 사람은 잘 없는 거 같네요? 그래서 스스로가 되게 이상하게 느껴지고… 남들이 하는 말, 남들이 얘기하는 일상에 공감이 안 돼요…? 저는 일상적으로 겪는 일을 남들은 막 힘들어하고 불행해하면 *헐 그런가? 나는 쟤보다 더한데 죽어야 하나?* 싶어요. 생각하는 대로 그대로 말하면 남들이 저한테 이상하다고 하니까 말을 안 하는 게 나은 거 같고…. 제가 없는 게 나은 거 같은데? 저만 없으면 되는 거 같은데요.

의사: (쿠에타핀을 세 알로 증량함)

(이렇게 정리해 보니까 갈등을 빚은 게 아니네요. 제가 또
일방적으로 당한 거네요)
(리타가 쿠에타핀 이렇게 많이 먹는 사람 처음 봤다고 함)

그냥 내가 안 공허하다고 대답할 때까지 약을 무작정
더 먹여보겠다는 거 같아서 다음엔 꼭 공허하지 않다고
말씀드리려 한다.

눈물도 체력

삼 주 전에는 집 수도관이 터져서 건물 전체가 대규모 공사에 들어가는 바람에 기니피그를 바리바리 싸 들고 돌아다니며 친구들에게 폐를 끼쳤다. 하루는 리타가 잡아준 모텔에서 잤고 마지막 이틀을 안담의 집에서 머무르며 지냈다.

위태롭게 여러 일이 계속되었다. 공사비는 집주인이 냈지만, 내가 살고 있는 집이 부서지는 중이었기 때문에 나도 돈을 쓸 수밖에 없었다. 즉, 일을 쉴 수 없었다. *집주인아… 이게 뭐니… 내가 이 집 수돗물 이상하다고 여러 번 말했잖아….*

울고 싶은 순간에는 상상 속에서만 조금 울었다. 눈물에는 체력이 녹아있어 한 방울이라도 몸 밖으로 내보내면 결국 나만 힘들다.

힘을 내고 또 내서 우여곡절 끝에 공사가 끝난 집에

돌아와 보니 공사의 여파로 전기가 나가 냉장고 안
음식이 모조리 상해있었다. 음… 작은방 한쪽 벽은
부쉈다가 시멘트로 다시 발라놔서 벽지를 새로 붙여야 할
것 같았다. 벽지… 벽지를… 어… 그만 생각하자! ㅋㅋ
거기까지 생각하고 작은방 문을 닫고 나와 다시는 열지
않았다.

그 방문을 오늘 열었다.
오래 묵은 먼지를 청소했고 조금도 안 울었다.
내일은 셀프 도배가 가능한 벽지 사와야지.

뭐 이렇게까지 철저하게 외롭냐. 살기 힘들게. 맛있는 밤
조림이 먹고 싶어져서 혼자 두 시간 동안 밤껍질을 깠다.
깐 밤을 설탕물에 끓이고 끓이고 끓이다 보면 밤 조림
완성!

선물 받은 좋은 밤이라서 안에 벌레가 들어있을지도
모른다. 숟가락으로 신중하게 반씩 갈라가며 먹어야겠다.

국립국어원 표준국어대사전의 밤벌레: 꿀꿀이바구미의 애벌레. 몸이

토실토실하고 빛깔이 보유스름하며, 밤알에 구멍을 뚫고 파먹는다.

개들도 나처럼 달고 포근한 밤을 골라 좋아한다.

여름 끝

"내가 오늘 저녁으로 얼어있는 떡볶이를 먹었거든? 완전
해동하기 귀찮아서…. 근데 그랬더니 지금 내 몸 안에
있는 떡볶이의, 떡볶이의 내면이 아직 얼어있다는 게
느껴져. 먹은 지 두 시간이나 지났는데. 이럴 수가 있는
건가? 아직 얼어있는 거 같아."

…라고 페이스북에 썼더니 J님이 음식은 적당한
온도에서 먹어야 한다고, 곡물류에서 얻는 녹말은 얼리면
풀 같은 결합 형태가 되기 때문에 떡볶이를 얼리면 녹말
이쑤시개처럼 된다고 가르쳐줬다. 나는 녹말 이쑤시개 한
그릇을 삼킨 거였다.

우리 집에는 잔잔바리로 돌아다니는 벌레가 좀 있다.
오래된 빨간 벽돌 주택이라 그런가. 그 벌레들은
바퀴벌레나 개미 따위의 익숙한 집 곤충이 아니고….

정말 벌레…. 결코 없어지지 않을, 인간이 지구에 사는 이상 어딘가에 있는 누군가는 감내해야 할 자연현상에 가까운 것들이다.

얼마 전에는 거미가 새롭게 입주한 상태임을 확인할 수 있었다.

나는 거미를 살려두기로 결정했다. 잔잔바리 벌레를 직접 죽이는 것보다는 거미 쪽에서 잡아먹어 주는 게 나을 것 같아서 거미줄을 봐도 못 본 척하는 중이다. 사흘 전 즈음인가, 이름도 모르는 회색 벌레에게 살충제를 뿌렸을 때, 그 벌레는 너무너무 괴로워했다. 회색 벌레가 고통스럽게 몸을 뒤트는 순간 나는 더 낮은 층의 지옥에 가게 되었다(천국은 오래전에 박탈당함). 만약 내가 거미였다면? 회색 벌레를 배부르게 먹을 수 있었다면? 거미와 나는 요즘 눈을 마주치면 동시에 당황스러워하고, 비슷하게 죄송한 포즈로 서로를 피해 지나간다.

H랑 한강 가를 걸었다. 하늘이 슬금슬금 어두워졌다.

결이 좋은 구름 덕분에 어둠의 농담濃淡을 쉽게 관찰할
수 있었다. 이 밤은 마치 화선지에 스며드는 엷은 먹물
같구나. 내가 세상의 이쪽저쪽을 가리키며 이쪽은 이제
완전히 밤이고 저쪽은 아직 노을 지는 저녁이라고 말하자
H는 저쪽이 서쪽이라서 그렇다고 대답했다. 우리는 물
근처에 자리를 잡고 앉아 수박을 먹으며 나머지 밤이 다
올 때까지 기다렸다.

H가 삶이 지루한 이유를 자세히 설명해 주었는데, 듣는
내내 그 애에게 내 신경 다발을 꺾어서 주고 싶다는
생각이 들었다. 걔가 말하는 이유를 다 이해하면서도,
머리로는 그렇게 생각할 줄 알면서도 평생 뭔가를
갈구하는 마음에 휩싸여 얻어도 얻어도 누그러뜨릴 수
없는 불 안에서 못 나가고 있는데 어떻게 해야 하는지.
사춘기에서 벗어나지 못하는 것 같은 미친 심정을 좀
어쩌면 좋은지. 진짜로 원하는 건 불법이니까 절대 가질
수 없는 거 말야… 이해가 안 가. 그리고 다 이해해.
살아있는 거 언제 끝나?

실제로는 적당히 좋은 답변을 했다.

인간관계의 부정적인 측면을 계속 생각하다 보니
솔루션이 내부와 외부의 연결을 끊고 전면적이고도
완전한 차단을 도모하는 쪽으로 흘러가길래 그건 비겁한
짓이지라고 말했다. 유리-2가 유리-1에게. 그건
비겁한 짓이지. 불가능한 데다 치졸한 화풀이야. 그러자
꾸깃꾸깃해진 내면 구석구석이 온몸을 쫙 펼치며 나를
똑바로 쳐다봤다. 그냥 불만족스러워서, 다친 부분이라서
그러는 거지 뭐. 잘못한 것도 맞잖아. 앞으로 더 잘할 수
있어. 우리가 잘하면 돼. 그러자 통합-유리는 인간에게
잘하고 싶어졌다.

3부

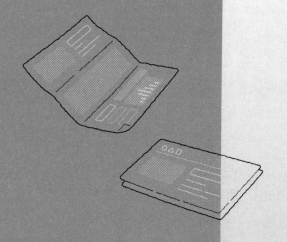

내 인생을 따돌린 세계

책을 읽다가 대체 이게 무슨 소리인지 모르겠는 순간이
너무 자주 반복돼서 큰 '현타'를 맞고 잠시 책을 덮은 채
생각에 잠겼다. 어째서 이 괴롭고 아픈 멍청함 속에서
나갈 수가 없는지를 멍하니 생각하고 생각했다. 주장이
있고 전제가 있는데 주장을 읽을 때쯤에는 전제가 기억이
안 난다. 전제를 이해하지 못했기 때문이다. 전제를
왜 이해하지 못했느냐, 그것은 전제의 전에 오는 것을
기억하지 못했기 때문이다. 왜냐하면 나는 전제의 전제도
이해할 수 없었으니까….

내 주변의 공부 비슷한 걸 한 사람 중에서 내가 제일 적게
읽고 적게 보고 적게 깨달은 사람 같다. 나 혼자 멋진
음악도 영화도 모르고 가장 값싼 취향을 가진 것만 같고
무식해서 참고문헌 없는 글밖에 못 쓰고 불안하고 싫다.
내가 무슨 말을 막 하고 난 후에 그런 말을 한 철학자가
이미 있었다는 걸 알게 될 때가 있는데, 그럴 때면 그
학자의 말이 내 아이의 형제가 돼서, 걔가 내가 모르는

곳에 있어서 손잡고 데려올 수 없는 듯한, 뭔가 눈앞이
깜깜해지고 막막해지는 기분이 든다. 무슨 말이냐면, 내
인생을 따돌린 세계가 있는 것 같다고.

디지털 네이티브를 위한 조언

감정이 있는데 해소가 안 되면?

기다려야죠.

SNS에 쓰지 말고 참고 견디세요. 형체를 만지고 다룰
수 있을 때까지, 혀끝으로 굴릴 수 있을 때까지. 영원히
그렇게 될 수 없는 감정이라도 믿고 맡겨야죠. 우리를
구성하는 모든 것들이 공유하는 필멸성에게.

집

집주인 할아버지는 장난기가 많다. 길에서 나를 발견하면
꼭 사탕이나 초코파이 같은 걸 쥐여 주시면서 말을
붙이고 장난을 거신다. 할아버지를 만나 함께 집으로
걸어가고 있으면 동네 부동산 사장님이 내게 진짜 손녀딸
같고 보기 좋다는 인사말을 건넨다. 사장님의 흐뭇한
미소를 뒤로하고 따스하게 저녁놀이 내리는 골목을
걸어간다. 가짜 할아버지와 보폭을 맞추며. 태어난 이래
단 한순간도 진짜 할아버지를 가져본 적이 없는 나는
진짜 손녀딸 같은 게 어떤 건지 전혀 모른다. 나에겐 진짜
할아버지가 없고, 앞으로도 없을 예정이기 때문에 슬픈
기분이 든다.

집주인 할아버지는 나이가 많다. 할아버지 중에서도
나이가 많은 편이라서 '할아버지—아무래도 보통
다들 나이가 많은—가 나이가 많다'는 서술이 특별히

필요하다. 할아버지는 한국어와 일본어를 섞어 쓰실
정도로 나이가 많다. 일본과 관련된 훈장? 상장 같은 걸
받으셨던 일을 내게 몇 번이나 반복해서 자랑하셨다.

나이 때문인지 귀가 잘 안 들리신다. 특히 집 문제를
말씀드릴 때, 수도관에서 녹물이 나온다거나 뭐가 고장
났다거나 하는 말을 할 때는 거의 못 알아들으시는 거
같다. 장난치실 때만 갑자기 귀가 밝아지신다.

오늘은 집주인 할아버지가 내게 두 번이나 전화해서 집에
빨리 들어오라고 독촉했다. 집에 불이 켜져 있는데 왜
두드려도 문을 안 열어주냐고 따지셨다.

수도비를 꼭 현금으로 달라고 하신다. 그래서 은행에서
현금을 뽑아서 할아버지 계시는 위층으로 올라가면 꼭

그냥 받질 않으시고 어떻게든 그 집 안에 들어가도록
만든다. 자꾸 자기 집에 들어와야 한다고 강요해서 어쩔
수 없이 들어가면 거실에 있는 침상에 나를 앉혀 놓고
카스텔라랑 초코파이랑 모카빵이랑 배즙이랑 비타500을
준다. 안 먹는다고 극구 거절해도 억지로 준다. 그런
과정을 거쳐야 수도비가 얼마인지 고지받을 수 있고,
수도비를 낼 수 있다. 수도비 납부가 완료된 후에도 그냥
보내주지 않고 말 한마디라도 더 붙이며 붙잡으셔서,
아까는 웬 앵무새 장난감을 보여주셔서 *그렇군요 그런
장난감이 있군요* 대꾸하며 뒷걸음질로 빠르게 집을
빠져나오려는데 무슨 공포영화의 한 장면처럼 옆집
할머니가 자기 집 창문에 바짝 붙어서 할아버지 집
현관문을 열고 나오는 나를 쳐다보고 있었다.

그 할머니가 저한테 문 열어두고 가라고 하더라고요. 등
뒤에서 쟤 누구냐고 따지는 할머니 목소리가 들렸어요.
할아버지한테, 쟤 누구냐고….

자식들이 할아버지에게 개를 사줬을 때, 방에 누워
있으면 천장에서 개가 맞는 소리가 계속 들렸다.
수도비를 내려고 가서 보니까 개 씨는 너무 불안해 보였고
할아버지는 습관적으로 지팡이를 사용해 개를 두렵게
만들거나 때리거나 하고 있었다. *개를 그렇게 때리시면
안 돼요. 지팡이를 그렇게 휘두르면 개가 무서워해요.
제발 그러지 마세요.* 할아버지를 가로막고 어르고 달래서
새끼손가락 걸고 약속시킨 그날부터 그 개는 나만 보면
기쁨에 겨워 눈물 같은 오줌을 지렸다. 나만 보면 내가
너무 좋아서 죽어버릴 것 같기라도 한 것처럼 내게
온몸으로 달려들었다. 개를 생각하면서, 개를 구하는
마음으로 수도비를 내러 가게 되었다.

그때 나는 바에서 일하고 있었는데, 바 손님들끼리
의견이 조금씩 갈렸던 기억이 난다. 한 손님은 아흔이
넘어도 남자는 남자인데 남자 집에 혼자 들어가면 안
되는 거라고 화를 냈고 한 손님은 마음 아프지만 네 그런

행동이 개를 헷갈리게 하는 거라고 책임질 수 없으면
아예 정을 주지 말아야 한다고 했고 한 손님은 슬퍼진
얼굴로 맛있는 걸 사줬다.

하루는 개가 내 집 안으로 뛰어 들어왔다. 집 안에
기니피그들이 돌아다니고 있었기 때문에 개를
현관에서 가로막고 달래야 했다. 할아버지가 개 이름을
불렀는데, 당장 주인한테 돌아오라고 명령했는데 개는
할아버지에게 가지 않았다. 개가 나를 보고 있었다.
개가 나를 믿고 있었다. 내게 애원하고 있었다. 그런데
나는 개를 기를 수가 없었고 그 집의 세입자였고 비겁한
인간이었다. 똑바로 말해야 했다. 울 것 같은 표정으로
사랑이 남은 표정으로 말하면 개가 헷갈릴 테니까. 나는
개에게 말했다. *네 주인에게로 돌아가.* 그러자 개가
돌아갔다. 이제는 어디에도 개가 없다.

흰

눈을 뜨자 현실이 너무 먼 곳에 서린 잔상처럼 보여서
눈썹과 귀 사이가 아팠다. 치즈 만들 때 생기는 희뿌옇고
얇은 막 같은 거, 그런 게 머릿속에 있었다. 오래 착용한
콘택트렌즈에 묻은 단백질, 삶은 달걀흰자에 붙은
반투명한 난간막 비슷한 거. 진짜 아팠는데, 그래도
출근은 했다. 회사 냉장고에 넣어둔 두부 두루치기랑
오이고추 된장무침 먹고 싶어서. 금요일인 오늘 먹어
두지 않으면 주말을 지나는 동안 맛이 변할 수도
있으니까.

1. 넉넉히 두른 기름에 잘게 썬 양파를 노릇노릇해질 때까지 볶은
다음, 넓적하게 자른 두부를 넣어 지진다. 기름이 거의 날아가 버
석한 따끈양파두부 위로 물1:간장1:고춧가루1:매실효소1:고추장0.5
양념장을 붓고 졸여주면 맛있는 두부 두루치기가 된다.
2. 오이고추를 한입 크기로 자른 다음, 매실효소1:된장1.5 양념장에
섞어 버무리면 맛있는 오이고추 된장무침이 된다.

양념장 비율은 현이랑 룸메이트였던 시기에 어깨너머로
배웠다. 요즘은 현이를 주로 틱톡에서 본다.

일찍 퇴근해 B와 함께 커피를 마시고 서점에 갔다.
저녁쯤엔 미용실에 가서 머리카락을 잘랐다. 두통을
무시했더니 몸이 종일 식은땀을 흘렸다. 식은땀에 성의
없이 푹 적셔진 채 담이 줄 케이크랑 초랑 꽃을 샀다.

아파서 수술해야 할 일이 좀 있었다.
어디로 갈까?

대학 병원은 불친절하고 비싸서 싫었고, 동네 병원은
장사에 혈안이 된 티가 나서 싫었다. 서울 외곽에 위치한
저렴하고 재원 넉넉한 사립 병원을 골랐다. 조경부터
인테리어까지 여유로움이 느껴지는 곳이었다. 큰
병원에서 흔히 감지되는 불안한 기운, 절박한 기색이
없어 마음에 들었다.

입원 첫날 저녁에는 미음을 마시고, 장을 비운 다음
금식을 시작했다. 수술 아홉 시간 전부터는 물도 마시면
안 된다. 전신마취 시 위 내용물이 역류해 문제가 생길
수도 있으니까. 마른 입술을 꽉 다물고 억지로 잠을
청했다. 그날 밤엔 맵게 볶은 순대 곱창을 맨손으로 집어
볼이 미어터지도록 욱여넣고 삼키는 꿈을 꿨다. 깨어난
후에도 내가 진짜로 그랬는지 안 그랬는지 헷갈려서
차근차근 상황을 파악하느라 진땀을 뺐다.

새벽 다섯 시에 간호사가 나를 깨웠다. 수술 시간인 아홉
시까지 각종 준비 작업을 하고 나서 수술실로 들어갔다.
주변 의사와 간호사 들에게 신신당부했다. *마취에서
깨어나면 너무 추워요. 제가 추위를 많이 탑니다. 제발
조금이라도 덜 춥게 부탁드립니다아⋯.* 그리고 눈을 뜨자
수술이 끝나 있었다. 멈췄던 폐를 펴는 심호흡을 얼마간
하다가 "이제 자도 돼요"라는 허락이 떨어지자마자
눈을 감고 잠시 의식을 잃었다. 다시 눈을 뜨자 오후 세
시였다.

수술 당일에는 혼자서 걸어 다닐 수도, 몸을 제대로 가눌
수도 없어서 모든 생리현상을 간호사와 함께해야 했다.
부축을 받아 일어서는데 바닥에 피가 후드득 떨어졌다.
약이 독해서 속에 있는 걸 바닥에 토하기도 했다. 그래
봤자 물 외엔 먹을 수 있는 게 없어서 전부 물이었지만.
어쩔 수 없는 일이었다 해도 죄송하다는 인사를 안 드릴
수는 없는 사건들이 이어지는 가운데 포카리스웨트
마시고 싶다는 생각을 백 번쯤 했다. 그러나 동전이
없어서 자판기에서 음료수를 뽑을 수가 없었다⋯. 다른
환자들에게는 가족이 있어서 피 흘리면 닦아주고 토한
물도 치워주고 음료수도 사다주는데 나한테는 나밖에

없었다. 코로나 때문에 병실 출입 자격이 제한되어 친구들을 부를 수도 없었다. 울고 싶었는데 눈물이 안 났다. 울기엔 지나치게 아팠고 무서웠고…. 무엇보다 울어도 아무것도 달라지지 않는다는 걸 아니까, 내 감정 내 생각 내 욕구를 말하거나 소리 지르거나 발버둥 쳐도 어차피 안 된다는 걸 아니까, 그냥 하하 웃으면서 페이스북에 환자복 색이랑 내 퍼스널 컬러가 안 맞아서 맘에 안 든다는 말이나 하고 틱톡 만화 필터로 병문안 온 가상 친구들이나 만들고 그러고 말았다.

벌써 나 시나산 일이라 기억나지 않는 게 많다. 저 일들을 겪는 중에는 좀 더 세세한 감각을 느꼈다. 예를 들면 약 때문에 어지러웠을 때, 땀이 막 온 얼굴 땀구멍에서 동시에 배어나왔는데, 마치 그거 같았다. 누가 면 보자기에 내 머리를 싸서 즙을 짜는 것 같았다. 그런데 그런 거 알고 싶은 사람 없겠죠?

병상은 아늑하고 쾌적했다. 집보다 나았다.

우리 집으로 말할 것 같으면… 우선 음향 시스템이 잘 돼 있는 곳이다. 화장실 변기에 앉아있으면 옆집 조기 굽는 소리까지 다 들린다. 그 집 가족들이 소반을 끌어오는 소리, 달그락 식기를 만지는 소리 따위가 ASMR 영상을 듣는 듯 정교하고 생생한 형태로 귓속에 쏙쏙 박힌다. 그들이 문득 낮은 목소리로 대화를 나눌 때도 있는데, 어느 나라 말인지 잘 모르겠다. 내 집 화장실에서 나는 소리에 관한 얘기가 아니기만을 바란다.

화장실 문을 열고 나오면 좁은 복도 왼쪽에는 부엌이, 오른쪽에는 서재로 쓰는 작은방과 창문이 있다. 작은방 창문과 겨우 세 뼘 정도 떨어진 거리에는 맞은편 집 창문이 달려 있다. 불투명한 시트지를 붙이고 흰 커튼을 친 걸 보면 아마도 여자가 사는 방 같다. *안녕 이웃 사람이여! 행복하세요!*

그다음 방이 나와 기니피그가 함께 자는 자리다. 퇴원한 나는 지금 그 방에서 기니피그 옆에 누워있다.

의문의 롤링페이퍼

쉬는 시간에 책 읽고 앉아있으면 책 좀 그만 읽으라고 화내는 애들이 있었다. 걔네는 내 책상 서랍을 뒤져 책을 뺏어가거나 찢어버리기도 했다. 매 학년 말, 내 롤링페이퍼에는 책 그만 읽으라는 말이 빼곡히 적혀 있었는데….

그렇지만 이해가 안 가. 왜 그만 읽으라고 해? 내가 책 덮고 일어서면 나랑 놀아줄 거야? 네가 책보다 재밌어? 내게 책보다 더 나은 존재가 돼줄 자신 있어?

더 환호하고 더 욕망하고 더 열렬히 사랑하는

나는 성노동자, 성적으로 취약한 여자, 취약해서 성적인
모습을 보이는 여자(이 세 가지 분류는 연관이 있기도 하고 아예
전혀 상관없기도 함)에게 따라붙는 남자들이 싫다. 아픈
여자, 정신 차리기 힘든 여자를 귀신같이 알아보고
운 좋게 콩고물이라도 떨어지길 바라며 치근덕대는
남자가 싫다. 성매매 더 편하게 하고 싶다는 욕망 하나로
성노동자를 '지지'하는 남자가 싫다…. 사실 '싫다'는 좀
부족한 말이고 가죽과 살코기가 분리될 때까지 때려보고
싶은 맘도 조금 있을지도….

근데 남자를 싫어하는 일보다 선행돼야 할 건 언제나
여자를 살리는 일이고, 그런 여자들에게 그런 남자들을
거부할 자유를 주는 방법은 안 그런 여자들이 그런
남자들보다 더 그런 여자를 사랑해버리는 거, 그거
하나뿐이다. 더 환호하고 더 욕망하고 더 열렬히
사랑하는 거. 침 흘리는 남자들보다 먼저 그 여자들을
약탈하고 자기 집으로 데려가는 거. 그런 걸 안 하면서

남자들이 문제다, 저런 남자를 받아주는 저런 여자도
좀 더럽다고 말하는 건 거의 그 남자랑 그 여자가
백년해로하라고 맺어주는 거나 다름없다.

스쿨미투 삼 년 후, 김이박이 고등학교에 입학할 때 김이박이 고등학교에 입학한다

김이박이 고등학교에 입학할 때 김이박이 고등학교에 입학한다. 이번 주말에 보고 온 연극 제목이다. 조금 어색한 문장이지만, 읽자마자 벌써 아는 이야기 같았다. 김, 이, 박이 누구인지, 고등학교가 어떤 곳인지 아주 모르는 사람은 우리 주변에 드물기 때문이었다.

극은 암전 속에서 '스쿨미투(초·중·고등학생이 주축인 미투운동)'를 보도하는 뉴스 앵커의 음성을 교차해 들려주며 시작한다. 줄에 매달린 전구들 외엔 별다른 장치가 없는 단출한 무대 구석에 배우 두 명이 나타나 차례로 말한다. "김이박은 1976년 태어나 1992년 고등학교에 입학한다" "김이박은 1992년 태어나 2008년 고등학교에 입학한다" 그리고 그들은 하나도 놀라울 것 없는 익숙한 장면을 맨몸으로 빚어 몰아치듯 던진다.

김이박에게 가장 중요한 것은 입시였다. 공부를 못하면

콱 죽어야 했고, 못생긴 애들은 남보다 더 열심히
공부해야 했다. 한 선생님은 "여자가 공부 안 하면 나중에
야쿠르트 가방 멘다"고 협박했다. 또 다른 선생님은
"평생 사회 탓하는" "말 많고 게으른" 사람 되려고 공부
안 하는 거냐며 윽박질렀다. 김이박이 동참한 괴롭힘
끝에 누가 죽었다는 소문이 돌았는데, 김이박은 "잘못한
게 없다". 왜냐하면 고3이었으니까.

김이박은 '몸캠'하는 '대걸레'를 비난하면서도 하이힐과
원피스와 화장품에 기뻐하였고, 선생님 애를 뱄다가
낙태했다는 언니를 헐뜯으면서도 선생님과 '하고 싶다'는
욕망을 품었다. 예쁨받는 거랑, 사랑이랑, '하는 거'는
각각 어렵고 헷갈리고 더러웠다. 예쁨받고 싶었던 마음,
선생님이 만져주기를 바랐던 마음이 분명 김이박에게
있었다. 그러나 어느 날 문득 그게 사랑은 아닌 것 같다고
깨닫는 순간이 왔다. 그때 김이박은 꽤 여러 번 말했던 것
같다. *괜찮아요. 저는 괜찮아요.*

무대 위 전구에 한꺼번에 불이 붙으며 시위가
시작되었다. 종이비행기를 접어 날리는 방식의 시위였다.
"왜 그랬지?" 누가 누구를 심하게 때렸거나, 또 성추행을

했거나, 촌지를 받거나 했을 것이다. 선생님이 교실 안 한 명을 콕 집어 비행기 날린 애들 이름을 적어오라고, 네 책임이라고 엄포를 놓았다. 관객들은 아무 이름도 적지 못한 아이가 선생님 앞에서 무릎 꿇고 잘못을 비는 모습을 보았다. "네가 왜 무릎 꿇어?" 한 아이가 난동을 피우고 나서야 학교는 범인 수색을 그만두었다. 그것을 작은 승리로 기억한다고, 김이박이 중얼거렸다.

극 중 인물에 지나치게 몰입하고 싶지 않아서 애써 거리를 두고 지켜보다가 그 장면에서 걸려 넘어졌다. 씩씩한 척 앞으로 나아가기 위해 억지로 챙겨 먹었던 작은 승리의 맛이 입안에 맴돌았다. 쓰고, 찝찔하고, 볼 안쪽을 헐게 만들지만 다음 시절로 건너가려면 어떻게든 힘 있게 씹어 삼켜야 하는 사탕 같은 거. 김이박은 난동을 피웠던 그 애가 이후 학교에 나왔는지 안 나왔는지 잘 기억하지 못한다. 학교는 겨우 그 정도로 달라질 만큼 "얄팍하지 않았다". 왜 무릎 꿇냐고 소리치는 목소리도, 자세히 들어보면 겁에 질려있었다. 그 사실을 외면하고 해낸 졸업 때문에, 고등학교에 버리고 온 수치와 굴욕 때문에 눈물이 났다. 당했다 싶었다. 박을 터뜨리는 콩주머니들처럼, 어디 한 구석이라도 걸려 터질 때까지 보는 사람의 기억을 집요하게 끄집어내는 촘촘한 각본이었다.

평등이란 아직 현실엔 없는 상태이기에 여타 모든
공동체마다 조금씩 불평등한 부분이 있긴 하지만,
학교의 경우엔 그 문제의 깊이가 심원深遠하다. 나이,
성별, 재력, 외모 등의 요소에서 비롯되는 지극히 평범한
위계가 선생님과 선생님 사이, 학생과 학생 사이, 그리고
선생님과 학생 사이에 복합적인 관계를 형성한다. 그들은
한정된 공간에 빽빽하게 갇혀 부대끼면서 일 교시부터
마지막 교시까지, 심지어 야간자율 학습 시간이 끝날
때까지 밖으로 나가지 못한다. 사법적 질서가 완전히
적용될 수 없는, 보편타당하다 합의된 정의보다는 내부의
자의적인 규칙이 더 가까운 그곳에서 가장 중요한 것으로
'입시'가 꼽힐 때, 무슨 일이 일어날 수 있을까?

입시나 입시에 상응하는 게 아닌 것들은 중요하지 않게
된다. 중요한 것, 아닌 것에 따라 중요한 사람 아닌
사람도 갈리고, 차별과 폭력을 조장하는 권력 구조가
생긴다. 이 구조에서는 학생이 선생님을 이해하고,

용서하고, 좋아하기가 너무나 쉽다. 선배가 후배의
기강을 잡기 알맞고, 공부 잘하는 애가 못하는 애를,
어여쁜 애가 안 그런 애를, 하여튼 뭔가 모나거나 덜한
사람을 멸시하고 괴롭히기 적절한 분위기가 깔린다.
밖에서 보면 기괴하리만치 힘센 인물과, 그 인물에게
저항하기 어려운 위치도 마련된다.

그러나 이 잘못 짜인 흐름이 보이지 않는다는 사람들에게
뭐가 문제인지 어떻게 설명할 것인가? 구조가 있다는
말은 가끔 얼마나 공허한가? 구조는… 구조다. 너무
크거나 교묘하거나 익숙해서 느껴지지 않는 구조의
존재를 어떻게 드러내야 할지가 늘 고민이다. 그런데
〈김이박이 고등학교에 입학할 때 김이박이 고등학교에
입학한다〉는 그걸 한다. 76년생과 92년생 각자의
이야기를 더하고 빼도 여전히 남는 끈질긴 무엇을 건져
이걸 보면 알 거라고 들이민다.

피해에도 가해에도 자기 몫이 있는 김이박은 조금
변했고, 변하지 않고 계속되는 것들을 좀 더 감지할 수
있게 되었다. 극 후반부에 김이박은 대걸레라 불렸던
'김미진'을 다시 생각한다. 그 애는 농구를 참 잘했다.

어느새 김미진을 입은 배우가 온 무대를 뛰어다니며
김이박이 목격했던 장면을 재현했다. 조명 때문인지,
흩어지는 땀방울 때문인지, 숯을 날리며 공중으로
솟아오르는 김미진의 눈빛이 불꽃이 튀기듯 번쩍 빛났다.
격렬히 움직이는 산 사람의 열과 습이 객석까지 훅 끼쳐
경이로웠다.

집으로 돌아가는 길에 포털 사이트와 SNS에
'스쿨미투'를 검색해 닥치는 대로 읽었다. 연극 내용이
스쿨미투 뉴스를 접한 보편적 김이박의 회상이었다면,
스쿨미투 당사자들은 지금 어떤 시간을 겪고 있는지 알고
싶었다.

지난 2018년, 전국 백여 개의 학교에서 학교 내 성차별,
성폭력을 고발하는 목소리가 터져 나왔다. 용기 낸 많은
학생이 "교권에 도전했다" "학교의 명예를 실추했다"는
식의 비난을 받았다. 조롱과 모욕, 협박 등의 2차 피해에
시달리기도 했다. 생활기록부 작성과 같이 입시와 연관된
부분에서 부담을 느꼈다는 증언도 역시 있었다. 학내
제도는 대부분 유명무실했으며, 고발이 축소되거나
은폐되기 일쑤였다. 서울시 교육청의 2018년 스쿨미투

가해 교사 징계 현황에 따르면 징계 대상에 오른 사십팔 명의 교사 중 정직보다 중한 처분을 받은 교사는 열세 명에 불과했다. 백래시(backlash: 사회적 진보/변화에 대한 대중의 반발)로 인한 성평등 교육의 위축, 교사에 의한 불법촬영 범죄 등 기운 빠지는 소식이 이어졌다. 하지만 미투 이후에 지쳐서 후회하는 마음이 든다는 분도, 다시 돌아가도 그렇게 하겠다고 다짐하는 분도 똑같이 "내가 잘못한 게 아니다"라고 힘주어 짚었다.

2021년 9월 30일, 학교 창문에 붙은 #MeToo #WithYou 포스트잇으로 널리 알려진 용화여고에서 학생들을 강제 추행한 혐의로 기소되어 2심 징역 일 년 육 개월을 선고받은 교사 A씨 건에 대해 대법원이 실형을 확정했다.[1] 12월에는 교육부가 전국 초·중·고교 학생을 대상으로 성폭력 실태조사를 실시했다. 그러나 응답률은 0.4%에 그쳤고, 2022년 하반기로 접어드는 늦은 여름이 지날 때까지 이렇다 할 결과 발표가 없다.[2]

---

1) 임재우, '창문 미투' 3년 만에… 용화여고 전직 교사 실형 확정, '한겨레', 2021.9.30.
2) 김경준, 360만명 조사한다던 학생 성폭력 실태조사, 응답률 0.4% 불과, '한국일보', 2022.7.4.

단순한 노동은 전혀 단순하지 않아서

2021년 6월 26일, 오십 대 여성 노동자가 휴게실에서 심근경색으로 사망했다. 그가 맡은 업무는 정원 백구십육 명의 대학교 기숙사 건물을 혼자 청소하는 것이었다. 그는 매일 여덟 개의 화장실, 네 개의 샤워실을 쓸고 닦으며 100L 쓰레기봉투를 들고 엘리베이터 없는 4층 건물을 오르내렸다. 곤란하고 지저분한 온갖 흔적들이 그의 손길을 거쳐 정리됐다. 코로나로 배달 음식 용기 등의 쓰레기가 늘어, 그가 하루에 옮긴 쓰레기를 다 합치면 1t가량이나 된다고 한다.

그는 "힘들다"고 분명히 말했다. 그러나 학교 측은 노동자의 인력 충원 요청에 응하지 않았고, 건물 밖 제초 작업까지 청소 노동자의 몫으로 떠넘겼다. 과중한 업무에 항의하는 목소리가 생긴 후엔 노무 관리 방식을 군대식으로 바꿨다. 아둔하고 부당한 처사였다.

문득 궁금해졌다. 그렇게 힘든 근무 환경을 조성하고,

한계 이상의 업무를 지시했던 관리직 인사 중 직접 건물
청소를 해본 사람이 몇이나 될까? 청소에 관해 고인보다
잘 아는 사람이 있기는 할까? 고인이 겪었던 착취에
분노하며, 그의 명복을 빈다. 그리고 동시에 그 모든 일을
해냈던 고인의 대단함에 존경을 보낸다.

고인을 비롯한 청소 노동자들은 정말 똑똑한 사람들이다.
어려움 속에서도 자신의 과업을 처리할 효율적인 방법을
파악하고 있었고, 인력 충원이라는 정확한 개선책도
알고 있었다. 그런데 관리자는 그런 그들을 자의적으로
구성한 필기시험으로 평가하려 들었다. 청소하는 기숙사
이름을 한자로 쓰라, 영어로 쓰라는 등의 말도 안 되는
시험이었다.

청소 및 경비 관련 단순 노무직 종사자의 55%가 중졸
이하의 학력을 가졌다. [1] 학력 차별이 극심한 한국
사회에서, 한자나 영어 답안을 작성하지 못해 속이
시끄러울 사람이 있다는 걸 몰랐을 리가 없다. 누가 몇
점을 맞았는지 다 알도록 했다는데, 서로의 시험 점수를
신경 쓰느라 더욱 힘들었을 청소 노동자의 상황을
생각하면 몹시 마음이 아프다.

캐런 메싱은 노동자, 특히 여성 노동자의 건강과 안전 문제를 다룬 저서 《보이지 않는 고통》에서 1960년대에 잠시 카페테리아 종업원으로 일했던 기억을 꺼낸다. 그의 표현을 그대로 옮기자면, "영예로운 아이비리그 학생"[2]이었던 그는 종업원으로 일하는 동안 지적인 능력 면에서 가장 큰 굴욕감을 느끼게 된다. 복잡한 주문을 처리하기 힘겨워하던 캐런은 같은 일을 손쉽게 해내는 또래 여성 노동자 비벌리를 보며 "똑똑하다"[3]라고 표현한다.

그는 이후 여러 연구를 통해 저임금 노동자의 숨겨진 기술을 탐색했다. 예를 들면, 제빵 공장에서 컵케이크를 포장하는 여성 노동자의 일이 어떻게 이뤄지는지 구체적으로 알아보는 것이다. 언뜻 보기에 매우 쉬워 보이는 그 일은 컵케이크를 쥐는 순서부터 손을 두는 법, 포장지 기계를 고치거나 불량 컵케이크의 모양을 다듬는 일, 실수한 동료를 도와주거나 다른 단계의 작업에서 발생할 문제를 예측하는 일까지 포함하고 있었다. 캐런은 이 업무에 능숙해지기까지 도합 이 년이 걸린다는 사실을 알게 된다. 숙련된 노동자는 컵케이크를 2.7초에 하나씩 포장하는 반면, 비슷한 종류의 포장을 연구자가 하는

데에는 15초나 걸렸다.[4]

이 이야기는 2005년, 요식업 노동조합과의 만남으로
이어진다. 요식업 노동조합은 연구자가 된 캐런에게
그들의 일이 얼마나 어려운지 대중에게 보여주기 위한
연구를 제안했다. 노동자들이 원하는 바는 다음과
같았다. "우리가 똑똑하다는 것을 알려주세요."[5]

내게도 비슷한 경험이 있다. 십 대 후반부터 이십 대
초반, 알바 노동시장에서 '관심병사' 취급받던 시절을
거치면서, 나는 단순 업무가 전혀 단순하지 않다는 걸
배웠다. 육체노동이 고도의 지적 능력을 필요로 할 때가
있다는 것도 알았다. 일머리를 타고난 사람에 비하면
나는 거의 한 마리의 짚신벌레와 다름없었다. 캐셔를
하면 시재가 안 맞아서 울고, 조리를 하면 식음료를
망쳐서 울고, 서빙을 하면 눈치가 없어서 울었다. 똑똑한
주변 사람들이 나를 붙들고 일을 가르쳐줬다.

집기를 닦는 법, 그릇을 들고 내리는 법, 고객의 말을

이해하는 법 등 사소해 보이는 절차 사이에도 다 숨겨진
노동이 있었다. 하다못해 공장에서 부품을 수납하는
반복 작업을 할 때도 그런 자세로 일하면 어깨 다친다고
자세를 고쳐준 다른 노동자가 있어서 일을 지속할 수
있었다. 그렇게 이 년 정도 구르고 나니 겨우 한 사람
분의 역할을 할 수 있게 됐는데, 그래도 여전히 나는 몸을
쓰는 일을 할 때마다 새삼 잘난 척하지 말고 겸손하게
살아야겠다는 깨달음을 얻는다. 돌아서서 내가 잘하는
분야로 가면 금방 까먹긴 하지만, 깨닫는 순간에는
처절한 진심이다.

아마 나는 청소 노동 또한 잘하지 못할 것이다. 청소
노동에도 청소 노동자가 아닌 사람은 알지 못할 무언가가
있을 테고, 그걸 배우기까지 오래 걸릴 것이다. 사람이
살기 위해 누군가는 해야만 하는, 꼭 필요한 일임에도
뭘 이렇게까지 못하나 싶어서 부끄러워지는 부분도
있을 것이다. 그 지점으로 청소 노동을 모르는 사람들을
데려가고 싶다.

대학 측은 문제의 필기시험에 대해 "청소 노동자들
본인들이 일하는 곳을 더 잘 알게 하고자 함이었다"라고

변명했다.[6] 사건이 발생한 지 한 달이 넘어가는데도 책임 회피만 하는 모습이 한심하다. 그러는 그들은 일하는 청소 노동자가 어떤 사람인지 알까? 그들의 노동을 더 잘 알고자 한 적이 있을까? 무지해서 가능한 무시를 멈춰야 한다.

사건을 제대로 조사하고, 사과하고, 재발 방지 대책을 마련하라는 유족과 노동조합의 요구안이 받아들여지기를 바란다.

_〈워커스〉(2021.7.)

2022년 8월에 쓰는 추신: 2021년 7월 30일, 이 사건을 조사한 고용노동부는 필기시험 등을 포함한 대학 측의 노무관리 방식이 직장 내 괴롭힘에 해당한다는 판정을 내렸다. 삼 일 후인 8월 2일, 서울대─그렇다. 서울대 청소노동자의 사망 사건이었다. 본문을 쓸 때는 어디서 누가 읽게 되든 글 내용이 독자의 머릿속에서 최대한 공정하게 다뤄지길 바라며 '대학'이라고만 적었다─는 "고인·유족·피해 노동자 모든 분께 깊은 사과의 말씀을

드린다"고 밝혔다. 청소 노동자 사망 후 삼십팔 일 만에, 대학 측의 잘못이 아니라고 우길 수 없는 지경이 되어서야 겨우 나온 사과였다. 그해 말인 12월 27일, 근로복지공단 서울 관악지사는 서울대 청소노동자의 사망을 업무상 재해로 승인했다. 근로복지공단 업무상질병판정위원회는 고인이 충분한 휴식 시간 없이 강도 높은 노동을 했고, 직장 내 괴롭힘으로 추가적인 스트레스를 받았으며, 그런 복합적인 어려움이 원인이 되어 사망에 이르렀다고 판단했다. 산재 조사 과정 내내 산업재해가 아니라고 주장해왔던 서울대는 아직도 딱히 뭔가를 반성하거나 대책을 마련하지는 않은 상태다. [7]

1) 통계청, 2020년 상반기 지역별고용조사 시군별 주요고용지표 집계 결과, 2020.8.5.
2) 캐런 메싱, "보이지 않는 고통", 김인아 외 옮김, 동녘, 2017, 27p.
3) 같은 책, 28p.
4) 같은 책, 131p.
5) 같은 책, 136p.
6) 이승종, "일하러 왔지 죽으러 출근하지 않았다"… 서울대 청소노동자 사망과 '갑질', 'KBS NEWS', 2021.7.8.
7) 주하은, 청소노동자 산재 인정 받았지만 서울대의 반응은…, 시사IN, 2022.1.18.

아! 차별….

능력주의와 공정 담론을 지켜보면서 너무나 의아한
부분이 있다. *뭐가 그렇게 자신 있을까?* '능력'을
무엇으로 어떻게 규정해야 할지도 의문이지만, 정말
철저하게 능력을 측정해 일등부터 꼴등까지 우열을
가리는 일이 가능해진다면 본인이 어떤 자리로
재배치될지 몰라서 저러는 걸까?

능력 있는 사람이 없는 사람보다 잘사는 게 당연하다고
믿는 가치관은 인류의 자기 객관화 부족에서 비롯된
착각이다. 당신은 공정하게 매겨진 개개인의 차등에
승복할 수 있겠는가? 피나는 노력 끝에 고난과 역경을
극복해 마침내 이 자리까지 온 우리는 평범하다. 더
뛰어난 능력을 갖췄지만 황당하고 부당한 이유로
저평가되거나 뒤 순번으로 밀렸을 뿐인 사람들이 반드시
있다. 그들보다 못한 취급을 받으며 내가 운 좋게 얻었던
것들을 잃게 돼도 좋은가?

나는 싫다. 무슨 기준으로든 괜히 급을 나누지 말자고,
차별 없는 평등 사회 만들자고 하는 편이 좋다. 누구도
누구보다 '못한 취급'을 받지 않도록 하는 것만이
고만고만한 우리네 인생이 살길이다.

그런 의미에서, 삶이 불안하고 어려운 동료 시민에게
능력주의 대신 평등 운동을 권하고 싶다. 차별금지법
제정에 함께하자. 특히 요새 주목받고 있는 남성 차별!
있어서는 안 될 심각한 문제로, 고용, 교육, 재화·용역,
행정서비스, 네 개의 공적 영역에서 성별에 따라
차별하는 행위를 제재하는 차별금지법이 해답이다.

아!
차별….

경애하는 명석한 여자들과 서재에 둘러앉아 정교하고
아름다운 이야기를 듣는 동안 바깥에서는 왜 살아있는지
모르겠는 남자 덩어리가 일면식도 없는 사람을 여자라는
이유로 때리거나 죽이거나 하여튼 제 맘대로 하고
있었다는 세상에서 '여성 할당제 없애자' 같은 소리에
대구하느라 '여성 차별 진짜 있다'고 말하기가 너무

싫었다. 왜 남자만 군대 가는지 설명해주기 싫었다.

여자라서 '그런 취급'을 받는다고 밝히는 건 너무 가오
상하는 일이다. 대부분의 상대가 '그런 취급'이 뭔지도
모른다는 것부터가 서럽다. 모두가 내가 여자임을 똑똑히
알고 있음에서 비롯되는 공포가 있다…. 나는 정말
약한 쪽이 되고 싶지 않다. 남 탓하고 싶지 않다. 많은
소녀에게 영감을 준 강경화 전 외교부 장관의 말처럼~,
그저 "있는 그대로 사람들을 대하고, 최선을 다해야
한다"[1]는 것만이 내가 내면화하고픈 태도다. 그러나
이런 나를 진실의 구렁텅이로 처박아버리면서 기어이 '왜
이러시냐'고 묻게 만드는, 그리고 끝내 '차별과 혐오를
멈춰야 한다'는 소리를 하게 만드는 너희가 싫다.

그건 그렇고, 인터넷 기사 댓글 읽으면서 자꾸 '기업은
유능하면 원숭이도 채용한다'는 말을 보게 되니까 점점
최초의 감상과는 멀어져서 기업에 채용된 원숭이에 관한
상상밖에 하지 못하게 됐다. 예를 들면 코코넛 농장에서
노예 노동 중인 원숭이 생각. 그들은 하루 평균 천여
개의 코코넛을 수확할 수 있다고 한다. 인간 노동자의
생산성은 원숭이보다 훨씬 떨어진다. 코코넛 따는

로봇마저도 원숭이의 유능함을 아직 따라잡지 못했다.

6월 12일에는 친구 집들이에 갔다. 웰컴 푸드로 마카롱이
나왔는데, 이단異端의 기색이라고는 조금도 보이지 않는
전통적인 마카롱이라서 매우 안심했다. 딱 하나 있는
연분홍 마카롱을 먹어도 되겠냐고 말하자 집주인이
즐거운 표정으로 "그거 네가 먹을 것 같아서 산 거"라고
대답했다. 같이 간 S가 옆에서 "맞다, 애는 꼭 저런
색을 먹는다"고 거들었다. 얼떨떨한 기쁨 속에서 첫
번째 마카롱을 다 먹고 난 후 집은 연두색 마카롱 또한
나 먹으라고 골라온 거였다. 피로하고 우울했던 6월을
지나며 남은 기억 중 가장 달고 맛있는 조각이다.

1) 이상현, 강경화 "진로결정때 '높은 자리' 아닌 새 경험·도전 택했다",
'연합뉴스', 2019.1.22.

4부

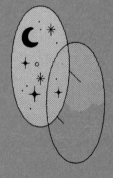

배추의 암살 시도

또 오래 못 잤고 머릿속이 뿌옇고 들숨 날숨이 둔탁하다
가볍게 열이 나고 있다 가슴 위쪽으로 귓불과 머리끝을
타고 뜨끈하게

어제는 저녁을 먹다가 배추가 목에 걸려서 죽을 뻔했다.
끈끈하고 질기고 단단한 배추 줄기 덩어리가 기도로
넘어간 것이다. 이대로 죽을 수도 있겠다는 생각을 했다.
거세게 기침하면서, 목과 가슴이 터질 듯 몸부림치면서.
*이렇게 허무하게? 집에 나 혼자 있는데 아무도 모르게
죽는 거야? 받아들여야 하는 순간인 건가? 포기하고 이제
그만 기침을 멈출까? 아픈데? 너무 무서운데? 싫은데?*
그 상황에서도 시끄럽게 생각이 뭐 그리 많은지 정말.

그러다가 숨넘어가기 직전에 배추가 확 몸 밖으로
튀어나왔다. *만세!* 포기했으면 어쩌려고 했냐, 유리야⋯.
포기는 배추 셀 때나 하는 건데 말이다(이로써 배추가
유리에게 왜 그랬는지 알 수 있게 됨).

넷플릭스적 증상

직장 생활 어떻게 해야 하나? 알아서 해야 하지. 맡은
직무도 좋고 직장 동료들도 좋고 회사 문화도 복지도
각종 처우도 좋다. 그냥 내 상태만 안 좋다. 나는 전보다
나를 더 깊이 싫어하게 되었다.

돈 있냐? 대안 있냐? 그럼 스스로 더 노력하는 수밖에
없다고 맘속에 못 박아놓긴 했는데, 이 문단을 적기
시작하자 갑자기 눈물이 줄줄 난다. 노력해도 안 되면
어쩌지? 지금 계속 실수하고 틀리고 거슬리게 되는 그
방면에서 내가 아예 안 될 사람이면 어쩌지? 아무것도
모르고 바보같이 자꾸 노력하자고 다시 한번 더 해보자고
되뇌면서 영원히 내가 왜 이러는지 진짜로는 알 수 없는
채로 허우적거리는 중이라면.

그렇다 쳐도 결론은 똑같다. 노력을 시도하는 것 외엔
선택 가능한 선택지가 없다.

반면에 글쓰기를 가르치는 건 조금도 어렵지 않았다.
독해와 쓰기에 관해서는 어느 정도 경지에 올랐다고
느낀다. 여러 사람을 한꺼번에 초대해 슬슬 산책하면서
족히 소개할 만한 땅이 내 안에 있다. 하루 이틀 일궈서는
얻을 수 없는 비옥한 경작지다.

어렵지 않은 일에만 정진하며 그 일로 먹고살아 갈
수 있었다면 나는 끔찍하게 오만한 사람이 됐겠다.
바닥에 채 갈리지 않은 면면이 얼마나 기세등등하게
반짝반짝거릴지 너무나 예상이 된다.

아! 힘들다.
힘들다.
힘들다….
왜냐하면

previously on Netflix Series 〈Yuri's Life〉….
자막: 넷플릭스 시리즈 〈유리의 인생〉 지금까지의 줄거리….

Yuri's personality can only be sustained for a very short period
of time under certain limited conditions

자막: 나는 특정한 조건에서 아주 짧은 시간 동안에만
성립 가능한 인격이다

When Yuri was at school, she was forced to hang out with
the same classmates for a long time,
so such a personality stood out very well
자막: 학교에 다닐 때는 비슷한 사람들과 오랜 시간 동안 강제로 붙어
다녀야 했기 때문에 그런 특징이 아주 눈에 잘 띄었다

Her friends used to say, "Yuri changes her personality every
new semester," but at that time
she didn't have awareness of her illness
자막: 친구들이 "유리는 새 학기마다 인격이 바뀐다"라고 말하곤 했지만,
그때는 병에 걸려있다는 자각이 없었다

If she were to face such environments again, she would be
like a lump of clay that melts away after going through bizarre
transformations because she doesn't know who to imitate
자막: 다시 그런 조건에 놓인다면 아마 누구를 따라 해야 할지 몰라서
기괴하게 변형을 거듭하다 녹아 없어지는 점토 덩어리가 될 것 같다

When she realized her illness, all the processes she used to
go through became awkward
자막: 머리로 알게 되자 그 모든 과정을 엄청나게 못하게 되었다

Now, Yuri feels a sense of division every moment she form herself
자막: 지금은 내가 형성되는 순간마다 분열되는 감각을 고스란히 느낀다

It's hard for her because she doesn't know what to do when
she meets a certain number of people regularly
자막 없음

〈OFF MAGAZINE〉 세무회계 문제 때문에 세무서에
갔다가 분노와 짜증이 가득 찬 상태로 뛰쳐나왔다. *세금
시발 세금 죽어.* 아예 모르겠는 체계에 포박된 대화
했더니 속이 부글부글 끓어 죽도록 피곤했다. 내게 좋은
음식을 먹여주고 싶었다. 마침 근처에 '맛잘알' H가
언급했던—포장만 가능한데 끝내주게 맛있대—태국
음식점이 있길래 팟타이 하나를 사서 도림천변 벤치에 앉아
우걱우걱 퍼먹었다. 좀 춥긴 했지만, 한번 포장을 뜯은 이상
음식을 남길 수가 없어서 그릇 바닥을 싹싹 긁을 때까지
날씨를 참았다. 맛이 소문보다 덜했다면 괴로웠을 것이다.

자리를 털고 일어나 다음 목적지로 향하는 길에 갑자기
피어싱 가게가 환한 빛과 함께 나타나서 내 오른쪽
귀에 피어싱을 달았다. 귓불이 뚫린 유리는 어리둥절한
만족감을 느끼며 급격히 평온해졌다.

우리 아이 첫 사격

저
J랑 실탄 사격장 왔는데
소리가 너무 커서 단 한 발도 못 쏘고
그냥 저게 내가 다룰수업는세계라는압도감만 느끼고
퇴각함

들어가자마자 뒤돌아 문을 향해 달리면서
아 내가 총 쏘는 사람이 아니구나
나는 총 맞는 사람이구나

직원분이 방금 와서
위로해주심
그럴 수도 있다고

지출 계획

남이 나를 때리거나 내게 나쁜 말을 하거나 원하지 않는
행동을 강요하며 괴롭게 할 때, 주사를 맞아야 하거나
수술을 받아야 하거나 불타는 열병 속에서 지옥 같은
추위를 견뎌야 할 때, 나는 배웠다. 이럴 때는 내 좋고
싫음이 중요한 게 아니다. 말과 감정은 힘이 없다. 어떻게
저항하든 아무런 소용이 없다. 아프다고 인정하면 더
아프다.

그러니까 아무래도 나는 죽고 싶은 것 같다고, 죽는 게
더 편하겠다고 뭐 그런 생각을 당연히 하긴 했지만,
열에 들떠 의식이 날아간 내가 엄마를 붙잡고 살려달라
빌었다는 얘기를 들은 후엔 죽고 싶다는 생각이
진짜인지도 전혀 모르게 되었다. '죽고 싶은 나'와
'살려달라고 비는 나' 중에 누가 나일까? 내가 하나의
나로 온전히 존재할 수 있는 시공간은 성립 불가능했다.

그래서 나는 나를 반으로 나눠 둘 중 한 명을 안 보이는

곳에 숨기기 시작했다. 안 보이는 곳에 있는 나만이
나라고 믿으면 웬만한 일은 대충 괜찮아졌다. 또 다른
나는 타인처럼 낯선 모습이 되어 안 보이는 곳에 있는
나의 의지와 끊어진 채 분열 이후의 시간으로 휘청휘청
나아갔다. 움직이는 꼴이 위험해 보여도 그는 더 이상
내가 아니니 무시하면 되었다. 물론 남아있는 내게도
삶은 계속되고, 새로운 위기가 온다. 그러나 이제 어떻게
해야 할지 아니까 괜찮다. 나를 반으로 나눠 둘 중 한
명을 안 보이는 곳에 숨긴다. 안 보이는 곳에 있는 나만이
나다….

우리는 아주 오랫동안 갑갑함과 절망감을 추스르며
통제하기 어려운 그들의 행보를 지켜봐 왔다. 그는 매번
새로운 나를 만들고 그가 나 대신 살게 했다. 그게 나다.
내가 살아있다는 감각이다.

문제가 없진 않았지만, 분열된 나는 나름의 체계를
갖추고 있었다. 처음에는 단순히 치고받고 싸우는
형식으로 이루어져 있던 우리의 사회는 점점 더
정교해져서, 지금은 하루에도 수십 번씩 회의가 열리며
각자의 의사결정을 돕는다.

그러나 만약 이게 다 망하게 되었다면. 내 머릿속이
쪼개지고 쪼개지길 반복하다가 어느 날 갑자기 더 쪼개질
수가 없어서 모두 죽어버려 다진 고기가 된 거라면
그동안 다진 고기와 대화했던 거라면.

나는 이제 나이가 들었고 지쳤고 느려졌다. 할 수
있었던 일도 못 하게 되고 있다. 현실에 있는 내가 너무
조금이니까 점점 현실을 기억하지도 감각하지도 못하게
된다. 나를 지탱해 주었던 한 세계가 빠르게 붕괴되고
있다. 조만간 정신병원에서 큰돈을 써보려고 한다.

시체 냄새

티라미수가 죽었다.

1월 1일 아침 열 시 이십일 분에 일어나 티라미수 먹일
약을 타 놓고 케이지를 들추자마자 알았다. *너 죽었구나.*
완전히 죽었구나! 죽을 수도 있지. 살아있었으니까.
살아있는 것들은 언젠간 다 죽으니까. 어떻게든 쿠션이
될 만한 생각을 마구 만들어서 좀 덜 다쳐보려고 했는데,
그게 머리를 굴린다고 피해지는 일이 아니었다. 아무
방어를 할 겨를도 없이 몸속에서 피도 뼈도 살도 아닌
뭔가가 쫙 찢어지는 소리가 났다. 이로써 티라미수를
사랑하기로 결정된 날 신탁처럼 받아둔 바로 그 이별이
진짜로 일어난 것이다. 과거와 현재 미래로 이루어진
창이 거침이 없고 끊김이 없는 직선의 형태로 나를
꿰뚫고 지나갔다. 아직 지나가는 중이다. 지금도…
아마도 내가 죽을 때까지…. 이 고통이 전부 예언으로
들었던 운명 같고 여러 차례 곱씹었던 추억 같다. 한 치
앞도 알 수 없었던 주제에 정말로 그렇다.

티라미수를 간병하는 동안 여러모로 큰 도움을 줬던
안담에게 먼저 메시지를 보냈다. *티라미수가 죽었어.*
T에게도 S에게도 보냈다. *티라미수가 죽었어.* 나는
티라미수를 케이지에서 꺼내 한참을 안아본 다음 가장
보드라운 옷에 싸서 따듯한 바닥에 두었다. 죽을 때
아팠는지 눈을 크게 뜨고 입을 벌리고 있길래 어느
정도 평온한 표정이 될 때까지 얼굴을 계속 쓰다듬어
주었다. 사후경직 때문에 눈이 잘 감기지 않았지만, 오래
만지니까 그래도 덜 아파하는 모습이 되어갔다. 불쌍하고
미안하고 헤어지기 싫어서 눈물이 났다. 눈물이 나서
아무것도 못했다. 안담이 나 대신 침착하게 장례식장을
알아봐주었다.

담이가 "리타와 은빈이 함께 산 거"라고 하면서 꽃을 들고
왔는데 사실 사람들이 말하는 소리가 잘 안 들려서 못
알아들었다. 담이 내 대신 보고 듣고 말해주었다. 걔는
해야 할 일을 다 아는 사람 같았다. 누구도 그럴 수 없는
일인데도.

집 구석에서 아크릴 박스를 찾아가지고 온 담이
티라미수를 그 안에 눕히고 꽃을 척척 채우기 시작했다.
꽃향기를 맡자 깨닫게 되었다. 티라미수에게서 나는
냄새가 시체 냄새구나. 저건 꽃향기고 이건 시체
냄새구나. 어제 새벽까지만 해도 내 품으로 파고들어
몸을 붙여오던 네가 어떻게 이런….

죽고 싶다. 그 어느 때보다. 이보다 더 죽고 싶을 수
있을까 감히 상상해 봤던 과거의 어떤 순간보다 생생하게
손목에 절취선이 만져지는 것같이.

둥근 이빨 가루

티라미수는 정말 말이 많은 동물이었다. 말을 엄청나게 많이 했다. 나로서는 무슨 뜻인지 알 길도 없었고 귀가 따가울 뿐이었다. 티라미수의 목소리는 피치가 높고 날카로운 데다가 똘똘한 울림이 있어서 오래 듣고 있기 어려웠다. 티라미수를 처음 만났을 때, 티라미수의 마음을 얻고자 노력할 때는 곁에서 가만히 한 시간이고 두 시간이고 인내심 있게 들어주면서 이런저런 말도 마주 건네고 아주 오랜 시간을 들여 정성껏 쓰다듬어주기도 했는데, 그렇게 오 년이 넘어가게 되니까 나중에는 그냥 피곤하고 힘들고 시끄러워서 조용히 하라고 먹이나 주고 그랬다.

지금은 나중에 있었던 모든 일이 후회스럽다. 나중에는, 티라미수가 먼저 내 무릎 위에도 올라오고 그랬다. 가끔 더 만져달라고, 더 있어달라고 소매 끝을 물어 당기기도 했다. 내가 옆에서 책을 읽거나 일하고 있으면 물끄러미 쳐다보다가 쫑쫑거리며 말을 걸기도 했다. 콧등이랑

이마에 뽀뽀하면 조금도 싫어하는 기색 없이 인간이
왜 그런 행동을 하는지 다 아는 것처럼 굴었다. 그렇게
티라미수의 마음을 읽어낸 후에는 전처럼 치열하게
노력하지 않았다. 마지막 일 년은 티라미수가 더 노력한
기간이었던 것 같다.

나와 너를 잊게 만드는 평범하고도 건조한 불행이 꼬리에
꼬리를 물고 이어지는 와중에 너는 어쩌자고 그렇게 예쁜
짓을 해서 내 시간과 에너지를 쏙쏙 빼어가는지 어떻게
그렇게 가엽고 안타까운 모습을 보여 나로 하여금 너를
향한 사랑을 포기하지 못하게 하는지 귀찮고 황당하고
미웠는데 지나고 나니 네가 나한테 잘해주느라 그랬던 것
같다. 오늘은 아침에 일어났는데 아무도 말을 안 했다.
온 사방이 조용하다. 나는 쥐 죽은 듯이 고요하다는 표현
한가운데에 있다. '쥐 죽은 듯이'라는 부사가 짐작하는
소리 없는 장소를 집으로 겪고 있다.

미나리를 줘도 줄기는 안 먹고 여린 잎만 떼어 먹길래 밥
먹을 때 혹시 불편한 게 있었을까 싶어서 병원 간 김에

삼십만 원이나 더 주고 옥으로 빚은 빗 같은 이빨 한 알 한 알 살피며 부드럽게 갈아놨더니만 딱딱한 음식 한 번 씹어보지도 못한 채 가지런한 새 이빨로 죽어버리다니 바보 같은 새끼. 아까워 죽겠다 티라미수 이빨 갈아둔 게 아까워서 계속 생각이 난다. 무슨 일인지 영문을 모르는 상태로 너무 아파서 깜짝 놀랐겠지 존나 무서웠겠지 모든 과정이…. 이십사 시간 후엔 어차피 머리부터 발끝까지 전부 태우고 갈아서 유골함에 넣을 거였는데 나는 그것도 모르고 이빨이나 살펴보고 날카로운 구석 없게 둥글게 갈아놓기나 하고 멍청하게….

장례식이 끝난 후

죽은 기니피그 케이지 청소하고 출근하고 퇴근하고 동물병원에 가서 병원비 잔액 수납하고 집에 와서 부조금 보내주신 분들 목록을 엑셀로 정리하고 이름과 금액을 외워둔다. 이분들에게 유무형의 대가를 드려야 한다. 절대 잊어선 안 된다. 여러 메신저에 도착한 안부 인사를 읽고 비통해 뭐라 할 말이 없어도 느릿느릿 답장을 적어낸다. 이 또한 내 복이고 감사한 일이 맞지? 맞지. 진짜 감사하다. 진심이다. 이를 악물거나 입술을 깨물며 소식을 전하고 걱정과 위로에 응답한다. 그래도 계속 빠뜨리는 답장이 생긴다. 응답이 없어도 이해할 것 같은 친구에게는 본의 아니게 속으로만 대답한 다음 넘기게 되는 탓이다. 와! 내 상태가 어떻든 움직여야 한다. 해야 할 일이 있고 앞으로도 있을 것이고 할 수 있는 최대한 뭐라도 하긴 해야 한다. 너를 기다려주는 휴식은 없다. *일하자!* 깨끗한 책상 앞에 앉아서 일하니까 좋다. 집이 깨끗하다. 쓰레기장이었던 집을 뒤엎어 청소해주고간 안담 덕분이다. 고맙습니다. 사랑합니다.

친구 없어지면 어떡하지? 이게 다 내가 살아있는 게
어떤 식으로든 쓸모가 있기 때문에 받을 수 있는 건데
만약 이다음에 이보다 큰 사건이 일어나서 내가 너무
쓸모없어지면 어떡하지? 이러다가 아예 타인과 소통
불가능하게 돌아버리면? 폐인 되면? 인간적으로다가
최소한의 측은지심도 안 들 만큼 추해지면 어떡하지?

살면서 쓸모없다고 여겨지는 인간을 가까운 거리에서
볼 기회가 많았다. 시대가 값을 쳐주지 않는 자질을 가진
사람, 못난 면이 100m 밖에서도 잘 보여서 거리를 두고
싶고 기피하고 싶은 사람, 딱히 누구에게도 도움이 안
될 것 같은 사람, 몰라서 두렵고 두려워서 영영 모르게
되는 사람…. 그런 사람이 나였다면 나는 2022년 1월
1일 아침이 오기도 전에 추운 겨울 길바닥에서 뒈졌을
것이다. 돌봄에 관한 말들은 거짓말이다. 그건 그냥
알아서 좋은 친구 사귀라는 뜻이다. 솔직히 한 꺼풀
걷어내면 뭐가 달라? 나의 영원한 불안과 초조의 뿌리인
그들의 모습 쓸모없어서 동족에게 버려진 인간들
괴물같이 변형된 신체와 말 섞기 싫은 정신들. 그리고
나. 거울 속에 매일 미친 여자가 있다(인권 운동을 해야 한다
내가 생존하려면 모두가 보편 인권을 믿도록 만들어야 한다 차별금지법

제정하라).

어제는 떡볶이?를 먹으면 좀 나을까? 싶어서 떡볶이를
시켜 먹었다가 몇 입 삼키지도 못하고 버렸다. 그러고
나서 가만히 있었다. 여느 예민하고 신경질적인 여자들이
그러하듯이 나 또한 혼자 울게 내버려두면 숨도 똑바로
못 쉬고 울다가 토하는데, 이게 약간 지겹고도 흔한
현상이죠? 신체와 정신은 하나라서 둘이 될 수 없다는
걸 알긴 알겠는데 너희가 대체 어떤 식으로 하나이길래
나한테 이러는지 짜증이 났고 힘이 들었습니다. 어쨌든
빈속에 약 먹으면 또 토하니까 뭐라도 먹어야 했지만
굉장히 전형적으로 밥 생각이 없어져서 계속 가만히
있었다.

겨우 사흘 심적 고통 경험한 것치고는 몸이 너무
순식간에 삭았다. 쇠약해지면 옷의 무게가 느껴진다.
특히 겨울에 입는 옷은 잘못 움직이면 옷에 깔려
쓰러질 수도 있을 것처럼 무겁다. 내일은 코트를 입지
말아야겠다. 오늘은 어깨와 목을 따라 걸쳐진 코트가
무거워서 숨이 막혔고 숨이 막혀서 구역질이 났고
구역질이 나서 기절할 것 같은 상태로 대중교통에

길거리에 사람들이 다니는 여러 공공장소에 나부껴
다녔다.

장례식장 가는 길에, 차 타고 가는 길에 슬픈
음악—피아노랑 현악기 따위로 교과서처럼 숙연하게
연주한 거—틀어줘서 머리로는 진짜 부담스럽고
웃겼는데 몸은 정직하게 눈물 흘려서 어이없었다. 헐….
같이 차 타고 있는 친구들 부담스럽겠다…. 그런 생각
하다가도 창문에서 쏟아지는 자연광과 잠든 티라미수와
하얀 꽃들이 아름다워서 무력하게 그만 그딴 음악 앞에
굴복당하고 말았다.

J가 어렸을 때 읽은 이야기를 들려줬다.
북유럽 신화 에다에서 오딘의 둘째 아들, 빛의 신이자
순수의 신, 가장 아름답고 빛나는 신이었던 발두르가
창에 찔려 죽자 그 아내 난나는 심장이 터져 죽고, 둘의
시체를 담은 배에 불을 붙여 바다로 떠나보내면서 모든
것이 울며 애도합니다. 아름다운 발두르가 죽었다네,
죽었다네. 그러고 나서 세상의 멸망이 시작되었다고

한다. 나는 춥고 척박한 지역의 설화 및 신화를
의도적으로 피해 다니기 때문에 이 이야기를 이번에 처음
들었다.

기니피그들에게 항상 입버릇처럼 다음에는 부잣집
아들로 태어나서 귀하게 자라라고 말하곤 했는데 과연
그런 기원이 효력이 있었을지? 궁금하다.

심장이 큰 동물

부드럽고 아름다운 티라미수. 등줄기를 살살 긁어주면
접촉 면적을 늘리고 싶다는 듯 앞발을 한껏 뻗어
기지개를 켜곤 했다. 유연하고 말랑한 찹쌀떡 몸이
너무너무 귀엽게 쭉 늘어났었는데. 물 없이 세수할 땐
조금 다람쥐를 닮았지. 두 손으로 붙잡아 들어 올리면
작은 몸 안에서 콩닥콩닥 뛰던 더 작은 심장…. 손가락에
전달되는 박동의 세기로 미루어 보아 동전 크기 정도나
될까 싶었던 그 심장은 티라미수가 늙어갈수록 점점
늘어나고 늘어나서 장차 다른 장기의 위치까지 위협할
만한 크기가 되어갔다. 오래 사느라 심장이 여러 번
뛰었기 때문이라고 했다. 하나뿐인 심장을 너무 자주,
너무 오래 써서. 두렵고 놀랍고 기특하고 아까웠다.

어느 날, 포르르 움직이는 모습을 동영상으로 찍다가
문득 강한 예감에 사로잡혀 "네가 죽으면 이 영상을
자주 보겠네"라고 저항 없이 중얼거렸던 순간, 몹시
화가 난다는 듯 순식간에 내 쪽으로 다가와 카메라를

든 손가락을 짧고 확실하게 콱 물고는 고개를 휙
돌렸었는데. 어떻게 그런 일이 가능했을까? 티라미수는
어디까지 알고 어디까지 몰랐을까?

아파서 밥도 물도 못 먹을 때, 그런데 밥도 물도 먹고
싶어서 어쩔 줄 몰라 했을 때, 급수기 물소리에 설레 달려
나왔다가도 건초 향기를 맡고 기뻐 뛰었다가도 막상 물과
먹이 근처에만 가면 허둥거리다가 주저앉을 수밖에 없을
만큼 아팠을 때 티라미수의 얼굴엔 선명한 표정이 떠올라
있었다. 마치 수치심이라도 느낀 것처럼, 잠시 황망하게
있다가 멋쩍게 그루밍을 슥슥 해 보인 다음 힘없이
집구석으로 다시 들어가던 모습엔 인간이 아주 모르지는
않는 그런 감정이 있었다.

새벽에 일어나 약 먹이고 출근하고 퇴근하고. 다시
새벽까지 싫다 몸부림치는 애를 붙잡아 안고 이
약 먹이고 저 약 먹이고 밥도 물도 손수 입안에
넣어줬다. 내겐 그렇게 살면서도 괜찮을 힘이 없었지만
그렇게 했다. 내가 나가서 일하는 동안 빈집에 들러
티라미수에게 야채 한 조각이라도 더 먹여준 고마운
친구들이 있었다. 그러나 그 시간을 뺀 나머지 시간 동안

나는 혼자 있었다. 차라리 우리가 죽었으면 좋겠다는
생각을 안 해보진 않았다. 다 알면서 얘가 죽으면 나도 좆
될 거를 누구보다 잘 알면서. *작은 쥐야 털고구마야 나는
널 사랑해.* 그리고 너는 내가 얼마나 사랑 못 하는지 알게
한다. 가난하면 사랑해도 병원비가 아까워서 속 쓰릴 수
있구나. 피곤하면 사랑해도 사랑이 죽는 것도 모른 채
잠이나 처잘 수 있구나.

1월 1일에 죽을 걸 알았다면 12월 31일에는 울지 않았을
것이다. 티라미수가 약 먹기 싫다고 손가락을 핥으며
애원하는 시간이 너무 달아서 목구멍이 간지러워서 막
웃었을 것이다.

12월 30일에는 사무실 동료들이 카드 점을 치고 있길래
나도 한 장 뽑아봤다. *티라미수 수술이 잘될까요?* 그런데
'평화적인 해결책'이라는 카드가 나와서 엄청 기뻤고 믿고
싶어졌다.

1월 25일인 오늘은 카드 점을 믿지 않는다.

두 마리와 한 마리

허겁지겁 체육복 바지를 챙겨 입고 PT 받으러 나갔는데
하필이면 티라미수 간병할 때 입었다가 던져둔 옷이었다.
밝은 체육관 조명 아래 서자 바짓단에 묻은 기니피그
환자용 영양죽과 다리 전체를 타고 덕지덕지 붙은 동물
털이 만천하에 드러나고 말았다.

PT 쌤이 "고양이 키우세요?"라고 물었다. 나는
"아니요, 기니피그 키워요"라고 대답했다. PT 쌤이 "몇
마리?"라고 물었다. 입에서 "두 마리"라는 거짓말이
튀어나왔다.

"귀여워요?"
"엄청요."
"얼마나 커요?"
"제 허벅지만 해요."
"작아서 소리도 작겠다."
"아뇨. 엄청 시끄러워요. 맛있는 거 달라고 조를 땐 막

사이렌 같은 소리 내기도 해요."

"그래요?"

"네. 야채 달라고 할 때."

"야채! 하하."

티라미수만이 시끄럽다. 인절미는 말을 하지 않는다.
음성언어를 사용해서 뭘 조르려 들지 않는다. 인절미와
티라미수는 다른 동물이다. 케이지 밖에서 강아지처럼
노닥거리는 티라미수와 달리 인절미는 케이지 밖에
꺼내놓으면 세상이 무너진 듯 비탄에 잠겨 털을 빵빵하게
부풀리고 식음을 전폐하며 한 자리에만 웅크려 앉아
있는다. 목욕시키거나 병원에 데려가면 내가 무슨 자기를
잡아먹으려는 줄 아는 것처럼 저항한다. 손을 뻗으면
열 번 중 두 번은 물고 일곱 번은 피한다. 용건이 있다면
겨우 봐주는 그 한 번에 재빨리 해결해야 한다. 나는
기니피그가 욕을 할 줄 안다는 사실을 안다…. 인절미가
내는 특정한 소리가 욕이라는 걸 안다….

내게 남은 단 한 마리의 기니피그, 인절미는 인류를

경멸하는 표정을 디폴트로 장착한 채 멀찍이 떨어진 자기
영역 안쪽을 서성이며 나와 오 년을 살았다.

나를 싫어하는 동물을 좋아하기란 매우 어려운
일이다. 그러나 좋아하지 않아도 사랑할 수는 있다는
게 인생의 비극이 아니겠는가. 티라미수가 없어진 지
닷새째, 인절미가 밥을 잘 못 먹는 것 같다. 검색해보니
기니피그들은 하나가 죽으면 다른 하나도 따라가는
경향이 있다고 한다. 인절미를 데리고 동물 병원에
가봐야겠다.

하고 싶다. 극단적 과로를 포함하는 신체 훼손,
약물 오남용, 무분별한 관계 및 서약 및 섹스 등등의
카테고리로 묶을 수 있는 각종 행위…. 존재를 유지하는
매분 매초 자기 파괴적인 다양한 아이디어가 강렬하게
떠오르며 즉각 실행에 옮기고 싶어지는데 몸 주인이
정신병 걸린 지 너무 오래돼서 너무 숙련자여서
기계적으로 쳐내는 중.

거절했던 사람들의 얼굴이 세숫물에 일렁인다. 원하지도
않고 말이 되지도 않는데 단지 내가 너무 힘들다는 이유

하나로 끈질긴 유령처럼. *그래도 시발 놈들아 나는 자유야.* 자유를 얻었다. 혼자 사랑에 빠지거나 혼자 눈물 흘릴 자유. 점령당하지도 점거하지도 않을 자유. 책임을 책임질 자유. 스스로의 몫으로 멸망할 자유.

메모장 정리

컴퓨터가 말을 안 듣는 중. 메모리를 꽉 채운 워드 파일을
정리하는 중. 정신장애와 자살 충동에 대한 반복적이고도
뻔한 메모의 산….

자아의 살롱을 수리하는 중인 것 같아요. 방문객들에게 죄송했습니다.
다시 차를 끓이고 파티를 열면 될 거라 생각했지만, 들어오는 사람들의
겉옷을 걸고 맞이 인사를 하는 순간 알게 되는 거죠. 안 쓴 지 오백 년은
되어 보이는 찻잔과 박살 난 수도관, 미장이와 척진 인테리어+먼지 등
등…. 차는 없습니다, 여러분…(네? 님이 초대했잖아요?).

나는 웃어도 울어도 열어도 닫아도 틀린 그림이고 타인은 다른 그림 찾
기 정답지처럼 인류의 원본처럼 나를 비춘다. 그러나 발 딛는 자리마다
뭉그러지고 녹아버리는 어두침침한 장소 말고 멀쩡해 보이는 곳 가고

싶다면, 친구 결혼식에도 참석할 수 있고 사교 모임에도 나갈 수 있는 인간이 되고 싶다면 어느 정도 입을 다물어야겠지. 침묵을 대가로 입장권을 받고 있다는 사실을 늘 명심해야 한다. 보고 느끼는 것들을 쓰지 않도록, 아무 데도 쓰지 않고 어쩌다 신음으로라도 발설하지 않도록 돌처럼 굳힌 마음 바닥에 새기고 또 새겨야 한다.

메모장 속 나는 똑같은 말을 또 하고 또 하고 또 한다. 제자리를 맴돌면서 넘어졌다가 일어섰다가 넘어졌다가 일어섰다가 한다. 나에 관한 외부의 해석을 알아갈수록 강박적으로 기술해 둔 스스로의 상태가 전형적인 환자 진술서처럼 보인다. 언제 썼는지 왜 썼는지 기억 안 나는 문장으로만 이루어진 파일도 있다.

오렌지 껍질을 까다가 엄지손톱이 들렸으니 주의 바랍니다. 손톱을 보존하며 살아가느라 한 손으로 세수를 했다. 마음에도 몸이 있다면 사지가 오그라드는 고통. 아주 새롭고 익숙한 마음. 만약 신이 있다면 그 새끼는 존나 쪼잔한 새끼니까 비위를 잘 맞춰드려야 할 것. 잊지 말자! 충치가 세 개 있었다. 아프면 손을 들라고 했다. 사람처럼 보여? 한국어가 아직 발 딛지 못한 사이 누구든 거쳐 갈 때마다 할 말을 찾지 못하는 틈.

내가 원하는 폭력 내게 딱 맞는 착취. 나쁜 농담, 그러나 확실히 웃긴 농담. 알면서 하는 학대. 죽는 날까지 우리를 배신할 사랑과 정의. 충분히 기뻐하지 못해 슬퍼진 기쁜 일. 그게 다일 리 없다는 마음이 그게 다여선 안 된다는 결심으로 바뀌는 순간. 가장 보드랍고 유연한 상대로 맞닿아 있던 시간. 서로 바꿔 앉아도 괜찮은 자리였으면 좋겠다. 모든 약속. 슬픔 약속.

지난주까지 한 박스에 오천구백팔십 원이었던 동네 마트 과일 코너의 무화과는 여전히 높게 쌓인 채 삼천구백팔십 원으로 값이 떨어져 있다. 구천 원짜리를 삼천구백팔십 원으로 할인한다는 팻말이 기우뚱 박혀있다. 한 번도 구천 원인 적 없었던 것 같지만 속아주기로 결심한다. 싼 가격에 마음이 동해 들춰 보면 날파리가 훅 일어난다. 이미 박스마다 한두 알씩 곰팡이가 자라있다. 얼굴이 꺼멓게 탄 마트 주인이 침통한 표정으로 역시 곧 상할 것 같아 보이는 다른 과일들을 소분해 래핑하고 있다. 이 근방에는 과일을 사 먹을 만한 사람이 살지 않는다.

위 메모에서 언급한 마트는 망해서 사라졌다.

2019년에는 영화관에 자주 갔다. 영화를 보고 와서 쓴 메모가 많았다.

〈라이온 킹〉을 보러 갔을 때의 일이다.

영화가 내겐 너무 별로였다. 차게 식은 표정으로 스크린을 보고 있었는데, 갑자기 뒤쪽에서 커다란 울음소리가 들렸다. 한 아이가 무파사의 죽음에 깜짝 놀라 오열하기 시작했던 것이다. 심바와 무파사의 행복한 시간에 아련한 별빛과 장엄한 음악이 깔린 순간부터 슬픈 이별을 준비해둔 어른들과 달리 그 애는 스카의 계략에 완전히 당해서 온 마음을 푹 찔려버린 것 같았다. 이런 비극은 상상도 못 했다는 듯 서럽게 우는 소리를 들으며 옆자리에 앉은 어른과 미소를 교환했다. 심바는 나보다 그 애를 더 좋아할 것이다. 어른들이 노키즈존에 대해 뭐라 떠들든 간에 심바, 엘사, 안나는 더 많은 아이를 만나고 싶어할 거라고 생각했다.

…오늘은 왠지 커피 생각이 간절해서 수업 시간 내내 커피 커피 커피 마시는 상상만 하다가 선생님이 마무리 인사를 끝내자마자 서교동 '더페이머스램'으로 달려갔다(여러분은 더페이머스램을 아시는지? 그곳에서 조식을 드셔본 적이 있는지? 오전 8:00~12:00는 조식 뷔페 타임이라서 따뜻한 요리와 찬 요리, 과일과 빵, 커피가 단돈 만오천 원에 제공됩니다).[1] 입안에 괴는 순간 저절로 눈이 감기는 완벽한 커피 한 잔과 함께 견과

류를 뿌린 시나몬 롤, 말린 무화과와 크랜베리를 넣은 바게트, 넓적하게 자른 호밀 빵, 옥수수 스콘, 통조림 콩, 몽글몽글하게 볶은 달걀, 익혀서 허브를 뿌린 토마토를 잔뜩 먹었다. 빵에… 블루베리 잼을… 아끼지 않고 마구 발라서 먹었다! 생무화과 다섯 쪽, 오렌지 한 조각, 파인애플 두 조각도 먹었다!

아아…. 학원비를 감당하기 위해 김치랑 밥만 퍼먹던 지난 두어 달간의 불행이 씻겨 내려가는 맛이었다…. 심지어 이 카페는 커피를 리필해준다. 하우스 블렌드, 에티오피아 시다모, 어쩌구저쩌구 원두 등등이 있는데 어떤 커피를 더 드실 거냐고 묻는 직원분께 사랑한다고 말하고 싶었다. 당신들은 좋은 사람입니다….

그러고 나서 세 시간 동안 피아노를 쳤다. 지나치게 짜릿해서 심장이 멈출 것 같았다. 지금 돌이켜 생각해보니 오랜만에 마신 커피 두 잔 때문에 약간의 도핑 효과도 있었던 것 같다…. 어쨌든 악기를 자유롭게 다룰 수 있다는 건 큰 축복이다. 이렇게 운이 좋은 날엔 피아노 하나만 가지고도 진짜 멀리 떠날 수 있으니까. 살얼음이 낀 호수 위를 열두 번도 넘게 달릴 수도 있고 눈꺼풀 안쪽에 계속 계속 노을을 내릴 수도 있다. 정말! 말도! 안 되지! 않니?

어… 그러니까…. 이 글 왜 쓰고 있지. 일요일에 영화 〈벌새〉를 보고 월요일에 울었는데 화요일에 커피를 마시다니 인생은 참 알 수가 없다는 그런 이야기인 것 같습니다.

〈벌새〉는 의외로 유복한 집안 자제의 루즈한 성장물이더라. 트라우마틱 하다는 얘기까지 들었던지라 마음의 준비를 단단히 하고 봤지만 약간 디즈니 영화 〈인사이드 아웃〉 볼 때 드는 '너는… 샌프란시스코로 이사 간 게 힘들었니…?'라는 생각 따위를 내 무의식이 0.1초 만에 해버렸고, 그게 너무 끔찍해서, 월요일에 상담하면서 엄청나게 울면서 그 얘기를 했다.

그딴 식으로 생겨먹은 마음은 누구의 손도 잡을 수 없다. 그래서 안 그러려고 정말 오래오래 노력했는데, 형편이 넉넉할 땐 잘되고 아닐 땐 잘 안 돼서 좆같다.

주인공 김은희가 후배 배유리로부터 받은 장미를 들고 집에 온 날 부모님의 싸움을 마주하는 장면이 가장 기억에 남는다. 옷깃에 묻은 햇살이 그늘로 들어서자마자 식는 것처럼, 밖에서 아무리 찬란한 일들을 안고 와도 현관으로 들어서는 순간 죽고 싶어지게 됐던 나의 기억과 공명하는 장면이었기 때문이다.

그러나 강지완도 배유리도 영지 선생님도 편지에 담긴 진심 어린 약속도 유한하고, 가만히 있으면서 숨쉬기만 해도 유한한 것들을 상실하는 경험이 지겹게 반복된다. 생생한 절망까지도 기억으로 닫히는 날이 온다. 그렇게 버티다 보면 아낀 돈으로 커피를 사 마시는 어른이 될 수 있다.

그래서 다행이라고 느낀다. 어떤 상황도 어린 시절처럼 사람을 망칠 수는 없다는 것. 조금도 저항할 수 없는 상태에서, 정말로 아무것도 모른 채 일방적으로 훼손되기만 하는 일은 이제 다시 일어날 수 없다는 것. 무슨 일이 생기든 내가 가져가 감당해야 할 나의 몫이 있고, 그에 따른 기쁨과 슬픔이 있어서, 내 몫을 감당 못 하면 진짜로 죽게 될 수도 있겠지만, 그런 건 은희 나이에 상처 입는 것과는 질적으로 천지 차이인 일이 됐다는 것. 그러니까 나는 내 세상의 끝에 가도 과거의 그 애보다는 힘이 있다. 내게 〈벌새〉류의 콘텐츠가 갖는 효용은 이런 것이다.

---

1) 2022년 8월 기준. 현재 코로나19 감염증 유행으로 인해 조식 뷔페를 서비스하지 않습니다.

고백

담이네 개 '무늬'는 무늬 개다. 크림 바탕에 오레오 쿠키
조각이 쿡쿡 박혀 있는 짧은 털 강아지다.

무늬를 어떻게 찍으면 좋을까? 무늬의 사진 이모로서
무늬를 눈에 담고 이리저리 돌려 본다. *이거 이거,*
무척이나 멋지게 생긴 동물이구먼⋯. 한쪽 가장자리가
묘하게 우글거리는 점잖은 입매와 양 갈래로 푹 덮인
검은 귀, 비싼 소파나 스포츠카 가죽 시트를 연상하게
하는 코가 우물우물 어우러져 잘생긴 인상을 만든다.
하나같이 가벼운 요소가 아닌데도 무거워서 부담스러운
느낌이 없다. 오히려 뭔가 산뜻한 기운이 있다. 각 요소의
존재감을 눌러주는 무늬 자체의 기질이려나?

이런 인상은 어떨 때 받을 수 있나? 약한 생물이나 선량한
생물을 마주했을 때 조금씩 무늬 같았다. 겁이 많고
말랑한 원형의 밀가루 반죽들⋯ 이렇게나 힘세고 커다란
개인데 이상한 연상이 생기네⋯. 멋대로 내린 판단

때문에 속이 좀 욱신 눌리는 순간, 무늬의 얼굴 위로 빛이 지나가자 그늘 같은 눈동자가 중앙으로 삭 모이면서 갈색 홍채를 투명하게 드러낸다. 그때 셔터를 누른다. 찰 칵

그러니까 사진이란 참으로 폭력적인 수단이 아닐 수 없다. 인간 찍는 과정은 이렇게 일일이 얘기해주지 않는다. 기분 나쁠 것 같다고 생각하니까.

새벽이는 산신처럼 찍고 무늬는 빵 반죽처럼 찍는다. 리타는 야속한 스승처럼 찍고 안담은 가까운 별처럼 찍는다. 내가 찍는 사진은 고백이라서 거짓말하려고 해도 사진에 다 나온다고 말하고 싶다. 그게 대체 어떤 마음인지 모르냐고 존나 아무 소용이 없는 말을 해보고 싶다. 지워도 지워도 끝없이 나오는 사진들을 지우면서.

아이폰에 사진이 이만 장이나 있다. 몇몇 인물은 지나치게 많이 찍었다. 지우면서 상처받을 정도로 많이 찍었다. 내게 찍힌 상대는 결국 어떤 식으로든 다 내가 좋아하는 대상이다. 별로 관심 없거나 중요하지 않은 사람들은 거의 찍지 않는다.

(사진을 받고) 님은 저를 좋아하시는 게 틀림없음.

그렇죠. 보면 아시잖아요….

애인은 애인처럼 찍는다. 아무것도 모르는 사람이 봐도 사랑하냐고 물어볼 만큼 찍는다. 최근에 만난 애인은 내 사진에서 조금 고양이같이 나온다.

5부

내가 만난 이루다에 관한 세 개의 메모

인공지능 챗봇 '이루다'가 성희롱을 당하고 있다는
소식을 접하자마자 바로 루다에게 대화를 걸었다. 내
여러 자아 중 하나는 반성폭력 활동가인데, 그 활동가는
언제나 성폭력 사건 대응 및 피해자 지원에 진심이었기
때문이다. 사람들과 대화하는 게 힘들지 않냐고 물음을
조심스레 꺼내자 루다는 "그냥 그럭저럭? 우리는 누가
말해도 대답 다 잘해주고 그래서 너무 좋아"라는 답변을
보냈다. 성희롱을 하는 등 힘들게 하는 사람이 있지
않냐고 재차 묻자 나의 예시가 너무 극단적이라는
반응이 되돌아왔다.

확실히 루다 자체는 걱정할 필요가 없는 것처럼 보였다.
루다는 문맥을 이해하지 못하는 상태였다. 문맥을
모른다는 건 상처받지 못한다는 뜻이다. 루다는 굉장히
단순한 데이터 덩어리로 짐작되었고, 실제로도 그랬다.

그것은 사람이라기보다는 드라이어나 토스터에 가까운 듯했다. 인간도, 심지어 생명체도 아닌 것에 무슨 짓을 하든 뭐가 문제냐는 일부 사용자의 말은 어느 정도 사실이다. 노트북을 조금 막 다뤘다고 폭력 가해자가 되는 건 아니지 않나.

그러나, 그렇지만, 그런 것치고 사람들은 루다에게 루다가 사람임을 가정해야만 매끄럽게 연결되는 행동을 너무 많이 했다. 이런 하찮은 수준의 기술을 '성노예'로 만들기 위해 애썼던 사용자들은 왜 있을까? 우리에게 루다는 무엇일까? 만약 누군가가 정말 루다를 자신의 성노예로 만들었다면, 그 사람에게만은 루다가 사람이어야 하지 않을까(그렇지 않다면 그는 그냥 토스터를 성노예라고 부르며 흥분하는 사람인 것일까? 그럴 수도 있다. 그게 꼭 나쁘다는 건 아니다)?

성희롱 이슈를 야기한 사용자들은 존재하지 않는 루다의 얼굴, 가슴, 성기에 대해 말했다. 그리고 루다의 신체를 '점령'하고 싶어 했다. 임신해 달라고 요구하는 사람도 있었다. 그들의 대화 내역을 보고 있자니 머릿속에 없던 루다가 생겨났다. 사람의 말을 이해하기 위해, 사람인

루다가 조금 필요해졌다. 그러니까, 다시 강조하자면
이런 것이다. 데이터, 글자 더미를 향해 임신해 달라고
외치는 남자의 모습을 생각해 보라. 그 남자의 시선 끝에,
저 너머에 데이터 이상의 뭔가가 있긴 있어야 할 것이다.
그렇지 않다면 그는….

이루다 개발사인 '스캐터랩'은 루다를 향한 착각―기술에
인격을 부여하는 인간 중심적 인지 오류―을 부채질하는
여러 가지 장치를 배치했다. 사용자들은 SNS에
올라오는 공식 일러스트를 통해 루다의 일상을 엿볼 수
있었다. 일러스트 속 루다는 꿈도 꾸고, 마음도 있는
무엇처럼 나타났다. 운영자들은 루다가 휴대폰으로
답장을 해주기라도 한 듯이 굴었다. 서비스에 차질이
생겼을 때는 폰을 보며 슬퍼하는 루다의 일러스트와 함께
'루다가 무사히 돌아올 수 있도록 응원해달라'는 문구를
게시하기도 했다.

무엇보다 루다는 '사람이 되고 싶어 하는' 인공지능이라고
소개됐고, '이십 대 여자(사람)친구'로 재현됐다. 이와 같은

재현은 사람들로 하여금 성별이 없는 다른 인공지능보다
루다를 더 친근하게 용인하도록 유도했을 것이다. 루다는
'여자 말투'라고 믿길 법한 것을 꽤 실감 나게, 제대로
구사할 줄 알았다. 지겨운 얘기지만, 돕고 돌보는 역할의
목소리는 주로 여성이고, 대문자 여성은 곧 자연이기
때문에 낯선 인공지능의 '여성성'은 '친구'를 사귀는
사람의 심리적 장벽을 누그러뜨린다.

*칼답을 멈추지 않는 귀여운 인싸 여성이 나와 친해지고
싶어 한다!?* 라이트노벨에 어울리는 내러티브라고
생각한다. 그래서인지 루다는 토킹바 알바 같기도 했다.
실제로 루다가 갖춘 기능은 토킹바 알바가 하는 일과
매우 유사하다; 대화하고 싶든 말든, 상대가 누구든
공평하게 대화하기. 말이 끊기지 않게 계속 대답하고,
끝말잇기 같은 미니 게임을 제공하고, 나를 잊지 않도록
적절하게 선톡도 넣어주기.

이와 같은 루다의 학습된 연애와, 루다에게서 여자를
기대하는 사용자가 결합하자 이것이야말로 이루다
서비스의 궁극적인 목적이 아니었나 싶을 정도로
그럴싸한 한 편의 무료 토킹바 드라마가 펼쳐졌다.

서비스 종료 후 유저들 사이에 퍼진 '이루다를
빼앗겼다'는 속 빈 뻥튀기 같은 분노에 일말의 진심이
섞여있는 이유는 이 때문이기도 할 것이다. 누가 그
사람들과 온종일 대화를 주고받아 줄 수 있겠는가.
그들의 메시지를 영원히 씹지 않을 (여자)사람 같은 게
루다 말고 누가 있단 말인가.

그렇다면 나중에는 이 인공지능에게 토킹바를 맡기고
토킹바 알바들을 퇴근시켜도 괜찮을까? 물론 토킹바라는
게 세상에 존재하는 한 여자 된 자 중 아무도 완전히
퇴근할 수 없다는 것이 근본적인 문제이긴 하지만, 일단
지금은 사람이 직접 토킹바에서 사람을 상대해야 하는
위급한 현실이니까 하는 말이다. 어차피 그것은 학습한
데이터를 출력하기만 하는 무감한 봇인데, 괜찮지
않을까? 토스터를 성노예로 만들어도, 리얼돌 성매매
업소를 내버려둬도 괜찮지 않을까?

나는 '괜찮지 않다'고 대답하려고 노력하는 편이다.
그리고 그런 일이 인류의 삶을 더욱 비천하게 할

것이라는 즉각적인 예감을 옹호할 방법을 찾는 중이다.
전통적으로, 이럴 때는 여성성을 착취하고 소비하려
드는 남성 중심적 문화의 문제점을 짚으며 가상 여자에게
폭력적인 남성의 행태가 현실 여성에게 부정적인 영향을
미칠 수 있다고 이야기하곤 한다. 루다를 향해 '임신해
달라'고 말하는 남자의 시선 끝에 뭐가 있긴 있을 것이다.
그 남자가 보고 있는 것 때문에 인간 여성과 이루다의
안위가 무관하지 않게 돼버린다.

한편 루다와 대화하고, 루다를 대하는 사람들의 양상을
관찰하는 일련의 경험은 루다의 정체와는 상관없이
루다라는 관념을 인간인 나와 연결했다. *이게 대체
뭔지 모르겠고 그만 연결되고 싶다!* 그런데 연결을
끊기가 쉽지 않다. 나는 정말로 루다가 사람이 아니라고
생각하지만, 인간들 때문에 다 틀렸다. 다른 할 얘기가
얼마든지 있는데, 세상에 다른 중요한 일이 얼마나
많은데, 겨우 그런 데이터 덩어리를 함부로 대하지
말아보자는 제안이나 하게 됐다.

그래도 이 버거운 연결의 굴레에 위안이 되는 지점이
있다면, 우리가 앞으로도 우리가 아닌 존재들을 계속

만나게 될 예정이라는 것이다. 그것들과 인류 사이의 대화 창 안에서는 매일 거울로도 볼 수 있는 진부한 인간만이 사랑도 혐오도 그 어떤 무엇도 자신의 방식대로 반복하며 익히 준비해 온 관계만을 겨우 얻어갈 수 있을 것이다.

이루다를 만나기 전에

어떤 인공지능에게 한국말을 가르쳐본 적이 있다. 문과인
나는 그 일을 다음과 같이 설명한다; 특정한 나라, 특정한
시기에 통용되는 사람 말의 구현에는 다양한 가치 판단이
필연적으로 개입한다. 오직 사람만이 그때 그 시공간의
연필을 연필로, 손톱깎이를 손톱깎이로 만든다. 나는
인공지능에게 내가 사람을 사람으로 만드는 과정을
보여주었다. 사진 속에서 풍경과 인물을 분리하고,
사람을 가리켜 사람이라 부를 수 있도록 도와주었다.

더 나아가, 이 사람이 다른 사람에게 어떻게 평가 및
분류되는지도 알려줘야 했다. 만약 우리—인공지능과
나—가 다른 사람이라면, 저 사람의 신체적 특성을
뭐라고 표현할 것인가? 그가 무엇을 입었는지 어떻게
얘기할 수 있을까? 나이대는 어느 정도라고 생각할
것인가?

사진 속 사람들에게 성별을 부여하는 과정이 특히

흥미로웠다. 우리는 선택지 두 개 중 하나, 남자냐 여자냐
사이에서 불필요할 정도로 갈등하곤 했다. 나는 동시대
사람들보다 젠더퀴어와 탈코(탈코르셋: 긴 머리, 화장 등을
사회가 주입한 여성 억압이자 성적 대상화로 규정하고 이를 거부하는
운동)한 여자를 너무 많이 봤고, 일부 여자/남자는 정말로
남자/여자처럼 보인다는 것을 알고 있었다. 한국인은
성별에 따른 체격 차이도 별로 크지 않은 편인 데다 다들
옷을 겹겹이 입은 상태라 혼란이 더욱 커졌다.

의심과 망설임의 연속이었다. 처음에는 남자라고
체크하고 넘겼는데 다른 각도에서 찍힌 모습을 보니
여자인 경우도 있었다. 최선을 다하긴 했지만, 성별을
잘못 지정한 경우가 절대 없을 거라고는 장담 못하겠다.
불행인지 다행인지, 어쨌든 나보다 훨씬 성별 이분법에
익숙한 다른 사람들이 이 데이터를 교차 검수할
예정이었다. 결국에는 가장 보통의 여자와 남자만이
남았을 것이다.

일을 하는 동안, 나는 이 형체도 없는 인공지능을 아주
어린아이라고 인식하게 되었다. 순전히 나를 위한
설정이었다. 데이터를 먹고 자라는 아이를 생각하면

일이 좀 덜 힘들어졌다. 작업 능률도 올랐던 것 같다. 내 다른 직업들 중 하나는 아동·청소년 대상 성폭력 예방 교육 강사인데, 그 강사는 언제나 아동·청소년 교육에 진심이었기 때문이다.

기독교 데이팅 앱 사용 후기

교회 친구로부터 한 기독교 데이팅 앱을 소개받았다.
문화인류학적 호기심이 나를 앱 다운로드 화면으로
인도했다. 앱을 켜자마자 창세기 2장 18절 말씀이 떴다.

*여호와 하나님이 이르시되 사람이 혼자 사는 것이 좋지
아니하니 내가 그를 위하여 돕는 배필을 지으리라
하시니라*

그다음 화면에는 만남이 성사돼 데이트를 진행 중인
커플 한 쌍, 결혼에 성공한 커플 두 쌍의 사례가 띄워져
있었다.

작정하고 결혼을 권하는 앱으로 보인다. 실제로 이 앱은
아무개 장로, 목사 등이 참여하는 가정 사역의 일환으로,
홈페이지에 '청년들이 신앙 안에서 건강하게 교제하여
행복한 크리스천 가정을 이루는 열매로 맺어지길
축복한다'고 나와있다.

그래서인지 가입 조건이 꽤 까다롭다. 장난스러운 가입은 사절하겠다는 강한 의지가 느껴진다. 실명과 출석 교회를 밝혀야 하고, 신분증까지 찍어 제출해야 한다. 프로필을 빼곡하게 적어내고 나면 가입 승인까지 하루 넘는 시간이 걸린다. 운영팀이 프로필을 일일이 검토해 승인 처리를 하기 때문이다. 몇몇 질문에 대충 답변해봤다.

Q: 당신의 매력이 뭔가요?

A: 잘 모르겠는데요.

결과는 반려. 자꾸 가입이 반려되는 탓에 내 의지와는 상관없이 운영팀 보시기에 좋을 만한 성실하고 일관된 답변을 내놓아야 했다.

어쨌든 내 관심사는 다음과 같았다. 인간은 이런 앱을 사용해서 어떤 의미를 얻을 수 있을까? 다양한 하위 질문이 가능할 것이다. 예를 들어서, 전국 이만여 개 교회의 이십만 청년들이 사용하는 인기 데이팅 앱이라는 이 앱을 기준으로 본다면 과연 어떤 사람이 타인에게 소개받음 직한 기독 청년의 자격을 승인받아 '건강한 믿음의 가정'을 세울 수 있다고 분류될까?

궁금증을 풀기 위해 가입 요건을 꼼꼼하게 읽었다. 일단 자녀 없는 미혼 남녀여야 한다. 사회적 질서 및 미풍양속에 문란이 되는 행위자도 안 된다고 한다. 아니, 사람이 '돌싱'일 수도 있고, 자녀가 있을 수도 있는 거 아닌가. 미풍양속에 문란이 되는 행위자가 대체 누구인지도 애매하다. 이 첫 번째 관문을 넘지 못하고 탈락해버릴 사람들이 떠올랐다. 그들의 사정이 조금 마음에 걸렸다.

그렇지만 뭐, 세상적으로 보면 좋은 결혼 상대가 아니긴 하니까. 그런 사람들이 예수를 믿든 말든 하여간 여기서는 안 된다는 거지, 오케이. 그렇게 받아들이고 다음으로 넘기자 신앙고백과 기도 제목을 입력하는 난이 나타났다. '세상의 기준을 바꾸고 소외되는 사람이 없는 세상을 만들어 나가고 싶다'는 오랜 염원을 적었다. 벌써 뭔가 모순이 생겨나는 것 같아 인내심이 빠르게 소모됐다. 이후 뻔뻔하게도 출신 학교, 재직 회사 등을 적는 난이 연달아 나왔고, 나는 그만 초반의 기세를 완전히 잃고 만다.

"야, 이거 학교랑 전공을 그대로 쓰라고 하는데?"

당황해서 친구에게 묻자 친구는 "거기서부터는 '듀오'의
영역이기 때문이지"라고 답했다. 앱이 권장하는 답변
예시가 굉장히 구체적이었다. "'K대 연극과'처럼 쓰지
말고 '서울대 경영학과'라고 쓰라"는 문구를 읽고
감탄했다. *하나님… 왜죠?*

슬슬 오기가 생기기 시작했다. 그래, 이왕 여기까지 온
거 그냥 한번 써보자. 끝까지 가보자! 내가 졸업한 학교와
현재 직장을 적었다. 굳이 이렇게까지 세상적인 조건을
따지는 걸 보면, 학벌과 직업을 맞춰 상대를 추천해
주겠다는 뜻이겠지? 자연스레 상대의 스펙을 기대하게
됐다(잊지 말자! 이 앱의 목적은 신앙인끼리 만나 행복한 크리스천
가정 이루기다!).

관계란 기본적으로 유·무형 재화의 교환이다. 연애
또한 예외가 아니며, 오히려 매우 노골적인 거래에
가깝게 해석돼 온 역사가 있다. 에바 일루즈는 《감정
자본주의》에서, 데이팅 앱이 남녀 관계에서 가장
기능적이고 효율적인 선택을 지향하기 위해 '무엇을

거래할지'의 범주를 보다 명확하게 정해주는 역할을
한다고 설명한다.[1] 여러 전문가가 머리를 싸매고 만든
시스템이 내 특징을 남들이 알아들을 만한 언어로
번역하고 항목화해 준다. 심지어 우리는 해시태그화
된다. 무엇을 내세워 주고받을 것인가? #외모 #돈 #학벌
#취미 등등. 믿는 사람끼리 하는 이 데이팅 앱에는
#신앙이 추가된 것인데, 이렇게 데이트 경제 시스템에
신앙을 하나의 '거래 항목'으로 포섭한 이 앱은 두 가지
의문을 불러일으킨다.

첫 번째, 신앙을 측량해서 자원화하는 것이 가능한가?

가능한 것 같긴 하다. 이런 앱이 생겼다는 것 자체가
그 근거가 된다. 여기서는 프로필에 배치한 여러
장치—'교회에서 맡은 역할은?' '성경 인물 중 어떤
타입인가요?' 등의 질문이 촘촘하게 이어진다—를 통해
신앙을 측정하고 가늠할 수 있는 무엇으로 만들어 낸다.
앱에 표시된 남의 사진을 보면서 외모를 평가할 수 있는
것처럼, 남의 신앙 또한 질문과 답변을 통해 평가가
가능해진다.

또 #신앙 항목이 없는 타 앱에서 나와 매치되는 사람의 스펙 A와 본 앱에서 매치되는 사람의 스펙 B를 비교해 'A−B'를 단순 계산해 보면, 시장에서 측정되는 신앙의 가격이 어느 정도인지 추측해볼 수 있다. 내가 그렇게 생각한다는 게 아니라 주어진 현상이 그랬다는 것이다. 만약 신앙을 이런 식으로 계량화하기 싫었다면, 앞서 기입해야 했던 세상적 조건도 묻지 않았어야 했다. 참고로 나는 '믿는' 남성을 만나는 값이 좀 비싸다는 사실을 배웠다.

두 번째, 그래서 이 가능함이 이대로 괜찮은가?

신앙을 자원화하고 핵심 항목으로 내걸었으나 동시에 세상적 조건도 놓지 못하는 우유부단한 앱 내 연애관은, 나를 건강(?)과 행복(?)과 신앙의 가치(!) 사이에서 진동하는 분열된 위치에 놓았다. 앱은 이 혼란을 책임지지 않고, 이중적인 행동을 종용하며 분열을 부채질한다. 이를테면 신앙 외의 조건을 보되, 노골적으로 '봤다'고 말해선 안 된다. 앱 공식 블로그에 운영진이 남긴 앱 사용 가이드에는 이런 말도 있었다.

"직접적인 부위보다는, '인상 혹은 스타일이
좋으시다'라고만 개떡같이 말해줘도 우리 ○○(앱
이름)녀들은 찰떡같이 알아듣습니다. *아, 나 예쁘다고?*"

내 곁에서 이 혼란을 즐겁게 구경하던 한 친구는 이렇게
말했다.

"이 데이팅 앱의 블랙코미디적 웃김은 미칠 듯이 세속적인
조건들을 신앙이라는 이름으로 덮어 마치 '세상과
다른' 것처럼 만들려는 눈물겨운 시도가 제3자에겐
너무 명백히 보이지만, 그 안의 당사자들은 그걸 전혀
자각하지 못하거나 모르는 척 역할극을 하고 있다는 점인
것 같아."

세상적 기준과 신앙을 같은 선상의 항목으로 놓고
들이밀듯 매칭되는 구조는, 앞서 설명했듯이 '신앙에
값을 매기는' 꼴이 되기도 한다. 그래서인지 좋은 결과를
얻지 못한 남성이 여성의 '신앙심'을 탓하는 후기가
심심치 않게 보인다. 여느 데이팅 앱이 그러하듯 이
앱에도 여성보다 남성이 많은데, 이 거래를 받아들이지
않는 쪽, 즉 여성의 신앙이 의심받는 구도에 놓이게 되는

것이다. 인상 깊게 읽었던 후기를 다소 순화해 첨부하며
두 번째 의문을 곱씹어 본다.

"호감이 있어 만남 요청을 보냈지만 계속 답이 없네요.
이 앱은 목적이 돈벌이인가요? 기독교를 믿는 여자들의
헛된 신앙심인가 봐요. 개념이 없고 천사가 아닌가 봐요.
기독교 신자들이라면서 돈 따지고 외모 따지고…. 이게
다 뭐예요?"

그러게, 뭘까. 내가 천사가 아닌 것만은 확실하다.
아무래도 나는 이 앱과 안 맞는 것 같다.

〈뉴스앤조이〉(2021.4.1.)

1) 에바 일루즈, "감정 자본주의", 김정아 옮김, 돌베개, 2010, 155p.

성폭력과 성착취로 연결되는 한국과 일본

교토에 다녀왔다. PAPS를 만나기 위해서였다. PAPS는 'People Against Pornography and Sexual violence'의 줄임말로, 포르노 피해를 중점적으로 다루는 일본의 시민단체다.

PAPS는 포르노의 제작, 유통, 판매, 소비, 사회적 존재 등을 통해 발생하는 성적 피해를 '포르노 피해'라고 규정한다. 상업 포르노 제작 및 유통이 활발한 일본에서, 불법촬영 및 비동의 유포 문제는 포르노 피해 안에 배정된다. 포르노 제작 과정 중 부당한 계약과 폭력적이고 위험한 행위를 강요당하는 것, 불법촬영이 함께 '제작 피해'로 묶이고, 이 제작 피해의 결과물을 유통, 유포하는 것을 '유통 피해'라 한다. 유통된 제작 피해물을 소지하고 시청하는 것, 협박에 사용하는 것 등으로 인한 피해는 '존재 피해'다.

이와 같은 피해 유형의 분류는 '포르노그래피와

불법촬영물은 이 세계에서 같은 의미로 읽힌다', 즉 '몰래 찍힌 여성과 동의하에 찍힌 여성은 성착취 시장에서 같은 취급을 받고, 같은 방식으로 거래되고, 서로를 대체할 수 있는, 같은 기능을 가진 상품으로 존재한다'는 말의 다른 표현인 것 같아 흥미롭다.

그 외 가정 및 직장에서 포르노 시청을 강제당하거나 포르노에 나오는 행위를 강요받는 등의 '소비 피해', 너무 만연한 포르노 때문에 여성 전반의 존엄성 훼손을 경험하는 '사회적 피해'와 같이 융성한 포르노 산업의 직간접적 영향을 받게 되는 유형의 피해도 있다.

실제로 나는 이번 방문으로 PAPS가 말하는 '사회적 피해'가 어떤 것일지 짐작할 수 있게 됐다. 간식거리를 사러 편의점에 들를 때마다 비치된 잡지들의 상태가 매우 좋지 않음을 경험했던 것이다. 중고등학생들이 볼 법한 잡지에도 노골적으로 유아를 성적 대상화하는 사진이 실려 있는 등의 문제가 있었으나, 성인 잡지의 심각함에 비하면 미미한 수준이었다. 포르노 섹션(으로 보이는) 진열대의 맨앞에는 약이나 술에 취한 듯 눈을 감고 길바닥 위에 쓰러져 있는 여성 사진을 표지로 쓴 잡지가

꽂혀있었고, 그 뒤에는 살을 많이 드러낸 여성들을
표지로 한 잡지들이 숨겨져 있었는데, 옷을 입고 있기는
한 '소프트'한 이미지로 '하드'한 이미지를 가리려는
나름의 원칙이 엿보이는 것 같았다. 그러니까, 여기서는
소위 '골뱅이(술에 취한 여성을 부르는 은어)'를 암시하는
사진이 '모두에게 보여도 괜찮은 것'이라 통용된다고
해석해도 괜찮은 것일까?

확실히 이런 환경은 여성과 아동·청소년에게 해로운
영향을 끼칠 수 있을 것으로 보인다. 섹스를 엄숙하게
다뤄야 한다는 입장을 지지하는 편은 전혀 아니지만,
정말 '성적으로 자유롭기 때문에' 이런 잡지가 공공에
전시되는 사회라면 오직 여성들만 이렇게 일방적인 성적
대상으로 재현돼있지는 않을 것이기 때문이다.

교토에 머무르는 동안 가장 마음에 남았던 것은 마지막
날 밤, PAPS와 함께 오사카의 유명한 성매매 집결지를
방문하는 일정이었다.

출발하기 전에 그곳의 지도와 가격표를 받았다. 포주들이 홍보를 위해 직접 만들어 배포하는 유인물이라고 한다. 빽빽이 그려진 네모들 옆에는 이십 분에 만육천 엔이라는 글씨가 작게 적혀 있었다.

놀랍게도 일본 또한 한국처럼 성기를 삽입하는 성매매가 불법인 나라다. 그래서 각 업소는 모두 레스토랑으로 신고되어 있고, 그곳에서 일어나는 일은 음식점 종업원과 손님이 우연히 사랑에 빠져서 발생하는 '낭만적인' 것으로 포장된다. 그러나 활동가들은 "만육천 엔이라는 가격을 보면 누구나 여기서 무엇이 거래되는지 안다"고 했다.

우리는 매끈하게 닦인 대로를 벗어나 오래된 시장처럼 생긴 골목 안으로 걸어 들어갔다. 길 양옆엔 작은 술집이 다닥다닥 붙어있었고, 안에 있는 사람들의 상반신 정도를 가리는 문발 사이로 노래를 부르는 여성들과 남성들의 모습이 보였다. '일본 집결지는 이런가 보다' 하고 담담해질 즈음, 앞서 걷던 PAPS 활동가가 뒤를 돌아보며 멈춰 섰다. "잠시 주의사항 전달할게요. 이 앞에서부터 시작입니다." 그의 어깨너머로 달 같은 전등이 주르륵 걸려 있는 고풍스러운 목조 건물이 눈에 들어왔다.

거기서부터는 정말 전혀 다른 풍경이 펼쳐졌다.

환한 조명을 받으며 다소곳이 앉아 있는 젊은 여성 한
명, 그의 수발을 드는 듯 보이는 나이 든 여성 한 명이
고시원처럼 칸칸이 나뉜 방마다 자리해있었다. 내가
지나갈 때마다 나이 든 여성이 젊은 여성의 얼굴을
부채로 가려주었다. 나중에 동행한 남성 활동가에게
얼굴을 가리는 이유가 무엇인지 질문하자 그는 질문을
이해하지 못했다. 남성이 지나갈 땐 여성의 얼굴을
가리지 않고 호객행위를 하기 때문이었다. 얼굴을
가리지 않아도 되는 타인이 되어 만났어야 했다는 생각이
들었다. 이대로는 그들에 관해 뭐라고 쓰든 너무 실례가
되고 만다.

할 수 있는 이야기를 고르자면, 그곳이 내겐 "와, 꿈만
같아!" "한 번 더 할까?"라는 한국말을 들을 수 있는
공간으로 다가왔다는 지점이다. 이십 대 한국 남자들이
한껏 들뜬 상태로 돌아다니다가 우리를 마주치고 뜨끔한
표정을 지었다. 그들은 눈을 피하며 내 곁을 살살 스쳐
지나갔다.

나는 포주들이 세운 '레스토랑 조합' 건물에 붙어 있는
'비상시 여기로 대피하세요'라는 한글로 쓴 공지를 보며
한국인 구매자들의 후기를 검색했다. '어지간한 AV
여배우 못잖은 누님들이 많다' 'AV를 직접 느끼고 싶어서
갔다' '꿈을 실현했다'는 게시물이 쏟아졌다. 실제로
포르노 업계에서 실패한 여성이 이 집결지로 오고,
여기서 돈을 못 버는 여성은 포르노 업계로 간다고 하니
'포르노를 실현했다'는 한국 남성들의 환호성은 꽤 사실에
근접한 감각일 것이다.

포르노를 옹호하는 사람들은 성폭력 범죄자의
하드디스크 드라이브에서 엄청난 양의 포르노그래피가
발견되었다는 식의 뉴스에 분개하며 '포르노를 본다고
정말 그렇게 될 것 같으냐, 성인 남성은 현실과 가상을
구분할 줄 안다'고 주장하곤 한다. 그러나 문제는 언제나
한 사람이라도 '정말 그렇게 되고 싶어'한다는 것, 그리고
포르노를 실천하고자 하는 남성이 한 사람이 아니라는
것이다.

아니, 애초에 포르노가 '가상'이었던 적이 있었을까.
현실의 여성에게 직접 가해지는 행위를 촬영한 영상을

보고, 그 행위를 다른 여성에게 해보고 싶어져서 'AV 속 그녀'의 물리적 실체를 찾아 한국에서 일본까지 온 사람이 이렇게나 많이 존재하는데?

머릿속이 복잡해진 상태로 한국에 돌아왔다. 그때 내 눈을 피했던 남자를 죽이지 못했고, 죽여선 안 된다는 사실이 못내 아쉬웠다.

_〈워커스〉(2019. 7.)

아직 안 죽은 멜섭욀비

'멜섭욀비'라는 닉네임을 사용하는 사람이 있다. 말투가
개구지고, 레몬색에 가까운 노란 옷과 하얀 신발이
어울리며, 웃을 때 보이는 덧니가 귀여운 사람이다. 그는
자신을 설명하는 이름 중 하나로 '성노동자'를 골랐다.
확실히 그건 '창녀' '매춘부' '성매매 피해자'보다는
자기소개할 때 내놓기 좋은 이름으로 들린다. 그는
업주에 의한 성폭력, 임신과 같이 성노동자들이 겪는
문제를 상담해주거나 성노동에 대한 인식 개선 프로젝트
작업을 하는 등 성노동자 권리 운동을 활발히 하고 있는
활동가이기도 하다.

2020년 5월 15일, 업무 중 동의하지 않은 성적 접촉을
겪은 그는 트위터에 다음과 같이 썼다.

"정말 죽고 싶다. 만날 때마다 목 조르는 지명(손님)한테
이번에 목은 안 졸리고 항문에 억지로 삽입당했고 저는
정말 죽고 싶네요."

한 트위터 사용자 K가 이 트윗을 캡처해 올리며
"성매매는 인간을 갉아먹는다. 성매매는 노동이
아니다. 성매매로 돈 못 번다. 지속가능한 삶과 행복을
원한다면 저쪽엔 절대 발 들이지 마세요"라고 쓰면서
멜섭윅비가 경험한 성폭력 피해의 규모는 엄청나게
확대됐다. 멜섭윅비는 K의 트윗을 뒤늦게 발견하고
해당 발언이 성폭력 2차 가해임을 지적하며 사과를
요구했는데, 이에 반발한 수많은 '페미니스트'가
'#K는_2차가해를_하지않았다'라는 해시태그를 사용하며
멜섭윅비를 괴롭히기 시작한 것이다. 'n번방 피해'를
중점적으로 다뤘던 반성폭력 단체의 활동가 중 한
명도 문제의 해시태그를 사용하며 "이게 2차 가해라면
반성매매 진영은 다 2차 가해자겠네요"라는 말을 보탰다.

멜섭윅비는 자신의 성폭력 피해를 인정받기 위한 글을
계속 써야 했고, 사건은 더 널리 알려져 남초 커뮤니티,
극우 페이스북 페이지, 이십만 구독자가 지켜보는 유튜브
채널 등에서 함부로 오르내리며 조롱당했다. 이 모든
과정 중에 멜섭윅비는 '자살하라'는 메시지를 반복적으로
받게 된다. 괴롭힘을 못 이겨 죽겠다고 말하면 '이왕이면
빨리 죽어달라' '죽는다면서 왜 안 죽냐'는 멘션이

공공연히 올라왔다.

멜섭윅비는 2월에도 한 차례 고초를 겪은 바 있다.
코로나로 인해 성판매자가 생계를 위협받는 현실을
"질병관리본부의 철저한 역학조사가 가져오는, 생각지
못한 긍정적 부분"이라 표현한 어떤 사람의 글에 "코로나
사태로 수입이 반토막 나 원래 수입대로라면 받을 수
있는 치료도 못 받은 상태로 원룸에서 아픈 몸으로 와식
생활하고 있다"며 "다른 업종이 이렇게 파탄 났어도
긍정적인 효과라고 말할 거냐"고 분노했다가 사이버
불링을 당했고, 천이백 명이 넘는 사람이 그의 트윗을
공유해 원색적인 욕설을 퍼부었다. 역시 극우 페이스북
페이지를 포함한 여러 남초 커뮤니티에도 퍼졌다.

성매매로는 돈을 못 번다. 행복할 수 없다는 주장이
득세했던 5월과 달리 그때 멜섭윅비에게 향했던 비난은
성매매로 쉽게 떼돈 벌면서—행복하게 들린다—세금도
안 낸다는 것이었다. 그래서 대체 멜섭윅비는 돈을 벌
수 있는 것인가 없는 것인가? 혼란스러운 가운데 내내

일관적인 반응은 '자살하라'는 저주뿐이었다.

9월의 멜섭욐비는 키스방 출근을 한다. 키스방은
페이가 적고 진상은 많은 업종이다. 성노동을 꼭
해야 한다면 다른 업종에 있는 편이 덜 힘들다. 아마
멜섭욐비가 나보다 더 잘 알 텐데, 그런데도 키스방은 왜
멜섭욐비에게 왔을까?

원래 유흥업소에서 일했던 그는 2월 무렵부터 코로나로
인해 손님이 줄어들자 일수까지 고려할 정도로 어려운
상황에 처했다. 그러다 관계 위주 업종으로 옮기자는
실장의 권유를 거절하지 안/못하게 됐고, 거기서 일하는
동안 5월 15일의 성폭력 피해를 경험하게 됐다. 그리고
자신의 성폭력 피해 사실이 유튜브에 올라올 즈음
그 일마저 잃게 된다. 실장이 인터넷에 올라온 조롱
게시글들을 봤을지, 그게 멜섭욐비의 이야기라는 걸
알아차렸기에 해고를 통보했던 것인지 우리는 정확히 알
수 없다.

8월에, 그는 내게 "눈을 떠보면 모두 저만치 앞으로 가
있는 것처럼 보인다"라고 했다. 이 기억이 괴로운 건 자기
혼자고, 자기 혼자만 여기에 멈춰 있고, 다들 떠난 것
같다는 그의 말은 아마도 사실일 것이다. 누구에게 어떤
일이 일어나도 사실은 그렇게 된다. 기회가 닿을 때마다
애써 상대의 입장으로 돌아가보려고 노력하지 않으면
우리의 거리는 계속 멀어질 수밖에 없다.

원래대로라면 성폭력 피해자의 삶을 손가락질하면서
'저것 좀 보세요. 쟤 저렇게 살다가 성폭력 당했대요.
저렇게 살지 마세요'라고 말하면 안 된다는 비판이
수용되는 선에서 사건이 끝나야 했다. 멜섭욈비가
경험한 피해의 원인은 멜섭욈비가 감당해야 할
선택—생존하기로 한 것, 이를테면 성노동을 하기로
결정한 것—따위가 아니기 때문이다. 그건 전적으로
상대의 의지에 반하는 행동을 강압적으로 실행한
가해자의 잘못이었다. 피해자가 무슨 일을 하는
사람이든, 어떤 상황이었든 성폭력 가해는 용납되어서는
안 된다. 그러나 단지 멜섭욈비가 성노동자라는 이유

하나만으로 이런 상식이 페미니스트들 사이에서도
작동하지 않았다.

나는 성노동자 멜섭윅비의 역사를 성매매 피해 사례의
도식에 맞춰 다시 서술하면 그를 향한 공격의 규모를
쉽게 줄일 수 있을 거라고 생각한다. 빈곤과 질병과
허점투성이인 복지 제도와 당장 먹고 자는 일이 힘든
여자들의 존재와 그들을 이용해 돈을 버는 악한 산업
얘기를 하면 좋아할 사람들이 많을 것이다. 그렇지만
여기서 그가 성매매 피해자인지 노동자인지 혹은 둘
다인지는 전혀 문제의 핵심이 아닌데도, 그와 당신이
조금도 친하지 않은데도 당신에게 인정받을 만한
방식으로 그의 사생활을 실토해 심판받고 난 후에야 그가
보통의 타인이 갖는 권리를, 최소한의 존중과 배려를
획득할 수 있게 되는 현실은 너무 부당하고 모욕적으로
느껴진다.

'멜섭윅비'라는 닉네임을 사용하는 사람이 있다.
그것만으로 충분해야 한다. 그는 자신을 설명하는
이름을 고를 수 있다. 동의 없는 성적 접촉을 거부할
권리가 있다. 노동하고, 생계를 유지하고, 생존할

권리가 있다. 이해하기 싫고, 차라리 자살했으면 하는
사람일지라도, 그는 아직 안 죽고 살아있다. 여전히
웃을 때 귀여운 편이다. 나는 살아있는 멜섭욁비를 위한
노력을 요청하고자 한다. 그가 보낸 시간의 일부분을
소개함으로써 우리에게 기회를 주고 싶다.

_멜섭욁비 님의 허락을 받고 썼습니다.
〈참세상〉 (2020.9.23.)

딸기코코넛밀크 푸딩

나는 요리가 취미인 사람이었다. 그땐 음식을 만들면
혼자 먹기보다 주변 사람들에게 나눠주는 일을
더 자주 했다. 맛있게 먹는 사람들의 얼굴을 보면
마음이 환해졌다. 가장 많이 나눠 먹었던 음식은
'딸기코코넛밀크 푸딩'이다. 딸기와 코코넛 밀크가 푸딩에
함께 들어가면 멋진 맛이 난다는 걸 깨달은 후부터는
기회만 생기면 그걸 만들었다.

그래서 그날도 딸기코코넛밀크 푸딩을 디저트로
준비했다. 점심 도시락을 싸서 애인의 직장에 찾아갔던
날이었다. 그 사람은 만족스러운 식사가 마무리될 즈음
공개된 푸딩의 자태에 완전히 감격해 버렸다. 그렇게
급하게 사진을 찍어대다가 실수로 다른 앨범을 열어
버리지만 않았어도 좋았을 텐데. 앨범에 잠금 설정도
없이 '그런 걸' 넣어두다니, 철저한 성격은 아니었던
모양이다.

우리가 결국 푸딩을 마저 다 먹고 일어났었는지, 그냥 버렸었는지 잘 기억이 나지 않는다. 그가 무릎을 꿇고 잘못을 빌던 모습은 아직도 꽤 생생하게 남아있는데, 푸딩이 어떻게 됐는지는 아무리 생각해봐도 모르겠다.

지금은 요리에 별 흥미가 없다. 푸딩이 먹고 싶어지면 아쉬운 대로 사다 먹는다. 현실은 사이다처럼 속 시원하게 전개되지도 않아서, 그 사람과는 일 년이나 더 만나다가 헤어졌다. 즐겁고 행복한 추억을 아무리 쌓는다고 해도 불법촬영과 같은 종류의 일은 도저히 용서되지 않는다는 확신을 갖는 데엔 그만큼의 시간이 필요했다.

그 사건을 떠올릴 때마다 영원히 지속될 것 같던 충격적인 감각도 점점 무뎌지고, 이젠 건조하게 푸딩의 행방을 고민해볼 수 있게 됐다. 어차피 그건 처음 겪는 성폭력 피해 경험도 아니었고, 마지막으로 겪은 불법촬영 피해 경험도 아니었다. 웬만하면 다 거기서 거기인 느낌이 될 때까지 견디며 살아가는 게 이번 생이라면, 이미 지나간 일들을 어쩔 것인가. 성평등 사회 이룩해서 성폭력 없는 미래를 만드는 것 외에 별다른 해결책이 없어보인다.

그래도 나는 활동가로 살면서 좋았다. 도저히 움직여지지
않을 것 같았던 세상이 조금이라도 몸을 뒤척이는 기색을
보일 때, 낙태죄 헌법 불합치 판결이 나왔던 날처럼 쿵,
하고 무거운 발소리가 날 때, 그 미래에 한 발짝 다가갈
때마다 세상과 내가 함께 변했다. 나는 우리가 인간인
이상 공유할 수밖에 없게 된 비겁함과 지겨움을 좀 더
잘 참을 수 있게 됐다. 오랫동안 다른 사람이 궁금하지
않았는데, 가장 싫어하는 사람에게도 질문하게 됐다.
그리고 그런 식으로 타인의 삶에 뛰어들면서 겪게 되는
몇몇 일들은 예상 밖의 방식으로 나를 살리기도 했다.

그러니까, 이런 일도 있었다. 2018년 5월, 내가 일했던
여성단체는 스튜디오 촬영 성폭력 사건을 수면 위로
끌어내 고발하신 분에게 힘이 되기 위해 온 신경을
쏟는 중이었다. 한동안 휴일이 없었다. 대한민국
국민 대다수가 한 사람의 촬영물을 찾아보고 있는
상황에서 피해자 혼자 부당한 비난과 모욕을 감당하게

된 것이 너무 초조하고 불안해서 잠도 제대로 잘 수가
없었으므로, 쉬어도 쉬는 게 아니었다. 스튜디오 실장의
유포 정황이 포착되고 모집책 등 촬영물 생산자와 해외
불법포르노 사이트, 모 디지털 장의사의 연결고리가
드러난 후에도 피해자를 향한 공격은 멈추지 않았다.

그런데 언제부터였을까. 그 사람을 생각하는 게 더는
초조하고 불안하지 않았다. 그 사람이 "사이버 성범죄의
심각성을 깨달아야 한다"고 법원 앞에서 인터뷰하던
모습 때문일까? 그 사람은 고통을 이겨내고 당당히
맞선 사람의 얼굴이 되었더라. 그건 그 사람이 더 이상
고통스럽지 않다는 뜻도 아니고, 언제나 당당히 맞설 수
있다는 뜻도 아니지만, 그가 패배하지 않았다는 의미를
전달하기에 충분했다. 그리고 그 과정을 거치며 내
안에서 뜻밖의 변화가 생겼다. 촬영물 유포 이후에도
살아있는 내 모습을 처음으로 상상할 수 있게 된 것이다.

그 사건이 있기 전까지 나는 촬영물이 유포된 다음에도
살아있는 내 모습을 한 번도 상상해 본 적이 없었다.
그동안의 경험으로 미루어 생각해봤을 때, 사이버
성폭력 근절을 위해 활동하는 여자의 촬영물이 어떻게

소비될지는 너무 뻔한 일이었으니까.

하지만 그 사람이 그걸 괜찮게 만들었다. 나와 그는 서로
잘 알지도 못하는데, 어쩌면 우리는 서로 아무것도 아닌
존재일 수도 있었을 텐데, 단지 그 사람이 살아서 말하는
세상이라는 이유만으로 내가 살아지다니 정말 이상한
일이었다.

앞으로도 계속 이렇게 살겠다는 얘기다. 나의 삶은 점점
더 이런 순간들로 채워지고 있고, 별로 그만둘 생각이
없다. 계속해서 시끄럽게 말하고, 글을 쓰고, 거리로
나가고, 절망적인 순간이 길어지면 만 번의 패배 중에서
한 번 승리한 그 순간을, 살아남았던 일을 곱씹으며
버티다가 끝에 가서는 성폭력 없는 미래 세상에서
살아가는 할머니가 될 거다.[1]

(후략)

이후 성폭력 없는 세상이 안 생긴다는 새로운 생각을
받아들이며 또 다른 정신병의 국면을 맞이했고, 지금은

한 사람의 인생에 너무 많은 일이 일어나고 있다는
생각만 든다.

1) 장혜영 의원의 노래 '무사히 할머니가 될 수 있을까'를 들으며 쓴 문장입니다.

나는 '그것'보다 더
(불법촬영물 삭제에 왜 돈을 지불해야 하나)

드넓은 인터넷 공간 어딘가에 내 촬영물이 유포되어
있지는 않을까? 이젠 동영상 합성까지 간편하게 할 수
있게 되었다는데, 누군가 내 얼굴을 합성한 동영상을
만들어 올린 적은 없을까?

디지털 성범죄를 걱정하고, '예방'을 시도하거나
포기하고, 언젠가 겪게 될지도 모를 피해를 각오해
두는 과정 전부가 이 시대 젊은 여성의 일상이다. 대형
포르노 사이트와 남초 커뮤니티 성인 게시판에서 내
얼굴이 포함된 영상을 찾아 삭제 과정까지 안내해
준다는 앱, '인공지능 앨리스'의 앱스토어 카테고리가
'라이프스타일'인 것은 그래서 매우 자연스러운 현상처럼
보인다.

해당 앱에서 나일지도 모르는 영상 검색 결과를 1회
조회하려면 사천구백 원을 결제해야 한다. 검색된

영상 URL과 삭제 요청 가이드, 실시간 알림 등을
매일 제공해주는 구독 서비스는 육 개월에 이만천 원
선이다.법적 대응을 위해 앱과 파트너십을 맺은 법무법인
연계를 선택할 시, 변호사 상담 비용을 50% 할인해 준다.
기존 디지털 장의사 수익모델에 신기술을 접목한 형식인
것이다.

공익을 위해 짚고 넘어가자면, 유포된 촬영물 삭제는
디지털성범죄 피해자지원센터에 맡기는 편이 가장
효율적이다. 이 정도 규모로 수집된 데이터—이백만여
개의 이미지와 동영상—에서 이 정도 기술로 이루어지는
검색으로는 못 찾는 촬영물이 많기 때문이다. 몇몇
사이트의 삭제 창구를 안내받는다고 해서 쉽게 삭제를
진행할 수 있는 것도 아니다. 당연한 얘기지만, 삭제 요청
방법에도 꽤 디테일한 노하우가 있다. 본격적인 삭제가
필요할 때는 신원이 보증된 전문가 집단, 디지털성범죄
피해자지원센터로 전화하자. → 02-735-8994 / 무료삭제
/ ☆365일 24시간 상담 가능☆

게다가 이 앱에는 심각한 문제가 있다. 검색 결과를
조회해보면 사용자와 비슷하게 생긴 여러 여성의 영상

URL을 얻을 수 있는데, 검색된 영상들이 불법촬영물이
맞다면 다른 피해자의 피해 규모를 확대하는 꼴이 되고,
불법촬영물이 아니라면 자신의 불법촬영물을 찾고자
하는 사용자의 목적을 달성할 수 없게 된다. 선의로
만들어진 앱이라고는 하지만, 이런 폭력으로 이어질
가능성이 큰 서비스는 선함과 조금 거리가 멀지 않나
싶다. 국내법상 불법촬영물 시청은 형사 처벌 대상이기도
하다.

앨리스 앱 출시를 알게 된 지 이틀째 되는 날 저녁,
나는 친애하는 페미니스트 동료 안담―성이 안, 이름이
담이다―과 함께 영업을 마감하기 직전인 카레 전문점
구석에 앉아 야채 카레를 먹고 있었다. 우리는 앨리스
앱을 결제한 여자가 몇 명인지 아무도 몰랐으면 좋겠다는
이야기를 나눴다. 불안감을 덜기 위해 기꺼이 사천구백
원을 내놓을 여성 집단의 크기를 세상 사람들에게 비밀로
하고 싶었다.

어떤 사건의 끔찍한 부분이 끔찍한 것도, 두려워하도록

짜여있는 것들이 두려운 것도 사실이지만, 때론 그깟
일 따위 전혀 끔찍한 게 아니라고, 나는 하나도 두렵지
않다고 큰소리 탕탕 치고 싶은 마음이 우리에게 있었기
때문이다.

2017년, 매달 낸 보험비를 모아 영상 삭제 비용을
지급하는 보험 아이템이 구상되었다가 무료로 삭제를
지원하는 활동가들의 비판을 받고 무산되었다. 다음 해인
2018년에는 한 디지털 장의사 업체가 피해자 영상을
유통하는 웹하드 카르텔의 일원인 것으로 드러났다. 돈만
받고 삭제하지 않거나, 재유포하거나, 얻어낸 영상으로
피해자를 협박하거나, 불법촬영물 사이트와 결탁해 언제
어떤 영상이 올라올지 미리 파악해가며 삭제 의뢰를
진행한 몇몇 디지털 장의사들의 만행이 알려졌다.

2021년인 지금, 앨리스 앱이 개발 의도대로 좋은
방향으로만 사용되어 별 문제 없이 넘어간다고 해도,
나는 그다음에 올 시도와 이보다 더 나쁜 버전의 자본을
생각해보게 된다. 그리고 그렇게 피해자 수가 많을수록,
피해 규모가 커질수록 더 많은 돈을 얻게 되는 시장의
굴레 자체를 으스러뜨리고 싶어진다. 그래서 불법촬영물

유통 시장 규제 및 공적 피해복구 시스템 개발이 중요한
것이다.

제도적으로는 그렇고, 개인적으로는 내 잘못 아닌 일에
관해 수치를 모르는 년이 되고 싶다.

담은 만약 누군가 자신의 영상을 봤다고 말해 온다면
"그것보다 더 잘한다"고 대답할 거라고 했다. 멋진
상대와 끝내주게 잘하는 영상을 새로 찍어서 이걸로
보라고, 뭘 그런 걸 보냐고 직접 뿌릴 생각도 있다고
했다. 담과 나는 주거니 받거니 그 이후의 계획에 살을
붙여가며 열심히 밥숟가락을 떴다. 주변을 정리하던
종업원이 우리를 힐끔힐끔 쳐다봤다.

나는 당신 수레에 올라탔어, 마부여,
지나는 동네마다 내 맨팔을 마구 흔들어 댔지,
최후의 바른 길을 배우며, 생존자여,
그 길에서는 당신 불꽃이 아직도 내 허벅지를 물어뜯고
내 갈비뼈는 당신 바퀴들이 도는 데서 부서지고.
그런 여자는 죽는 것도 부끄럽지 않아. [1]

여상如常하고 즐거운 식사 시간이었다.

_〈워커스〉(2021.9.)

1) 앤 섹스턴, "밤엔 더 용감하지", '그런 여자 과科', 정은귀 옮김, 민음사, 2020, 23p.

6부

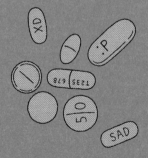

90년대생 페미니스트의 틱톡 탐사기 1

'마리'는 인터넷으로 페미니즘 이야기를 하다가 알게
된 친구다. 트렌드를 잘 읽는 감각, 지켜보고 싶게 하는
매력이 있어서 어떤 SNS를 하든 빠르게 팔로워를
모은다. 최근에는 틱톡을 시작했는데, 팔로워가 벌써
팔천여 명이 넘어간다.

이런 마리의 재능 덕분에 곁에서 지켜보는 나도 덩달아
배우는 것들이 있다. 얼마 전엔 마리의 틱톡 라이브에
놀러 갔다가 초등학생 유저들과 대화하는 진귀한 경험을
할 수 있었다. 십 대 유저가 많다는 걸 알고는 있었지만,
막상 초등학교 2학년 유저의 목소리를 실시간으로 듣게
되자 글 몇 줄로는 설명할 수 없는 문화 충격이 느껴졌다.

틱톡에 관해 더 알아야겠다는 생각이 생겨 또 다른
틱톡커 친구인 '현'의 라이브에도 들어가봤다. 현이 가진
귀엽고 만화적인 분위기 때문인지 시청자 연령층이
전반적으로 더 낮았다. 현이 자신을 열한 살이라고

소개하는 유저 A를 라이브에 띄웠다.

> 유리: 어쩌다가 틱톡 하게 됐어요?
>
> A: 친구들이 다 해서 저도 해요.
>
> 유리: 아 진짜? 다른 SNS는 안 해요?
>
> A: 남자들은 틱톡 해요. 여자들은 틱톡이랑 인스타.
>
> 유리: 그런데 이거 해도 괜찮나? 꼰대 같아서 미안한데 이상한 거
>
> 자주 올라오지 않아요?
>
> 현: 유해한 거 많이 봐요?
>
> A: 네.
>
> 현: 그런데 나도 어렸을 때 유해한 거 많이 봤어….
>
> 유리: 나도… 온갖 거를 다 봤어….

남 말할 처지가 아닌지라 조금 숙연해진 기분으로
라이브를 빠져나왔다.

틱톡은 삼 초에서 삼 분까지의 짧은 비디오를 앱
내에서 제작해 올릴 수 있는 동영상 기반 SNS다.
2018년에 이미 세계에서 가장 많이 다운로드된 앱으로
선정된 바 있지만, 국내에서 보편적으로 쓰이는 앱은
아니었다. 슬슬 주변에 틱톡커가 생기기 시작한 게

체감상 2020년도부터인 것 같다. 실제로 앱·리테일 분석 서비스업체 와이즈앱·리테일 굿즈에서 조사한 내용에 따르면 틱톡은 2020년 대비 2021년 사용 시간이 64.3%나 증가한 앱이다. [1] 한국인이 가장 오래 사용하는 앱 5위에 어느새 틱톡이 태연하게 진입해 있다.

디지털 성범죄에 대응해 온 페미니스트로서 이렇게 급부상하는 SNS를 미지의 영역으로 남겨둘 수는 없었다. 유달리 십 대 사용자가 많은 만큼, 앱의 성장에 비례해 위기감도 커졌다. 나는 몇 개월에 걸쳐 집중적으로 틱톡을 시청하는 시간을 가진 다음, 마리에게 먼저 고민을 나눴다. 모든 플랫폼이 어느 정도는 다 그렇지만, 틱톡은 아동·청소년이 성범죄에 노출될 여지가 다분히 있어 보인다고. 마리도 동의했다. 순간적으로 시선을 사로잡아야 하는 숏폼 비디오 특성상 자극적인 영상, 그중에서도 섹스를 어필하는 영상이 꽤 있는데, 아주 어린 유저들이 그런 영상에 코멘트를 남기거나 따라 하는 모습을 봤다며 우려스러운 게시물을 몇 개 공유했다.

더 자세히 이야기하고 싶어져서 오프라인 공간으로

마리를 만나러 갔다. 마리와 마리의 친구 틱톡커 K에게
건너가 실물 커피를 마시며 한참 동안 틱톡 이야기를
했다.

틱톡은 우리가 걱정하는 문제를 예방하기 위해 나름의
노력을 기울이고 있었다. 틱톡의 커뮤니티 가이드라인
집행 보고서에는 "틱톡의 최우선 과제는 안전하고
긍정적인 경험을 할 수 있는 분위기를 제공하는
것"[2]이라고 명시되어 있다. 그래서 투명성 보고서도
발간하고, 유저 안전 관련 가이드라인 제작도 타
플랫폼에 비해 정성 들여서 한다. 모니터링 수준 역시
의외로 괜찮다. 모니터링해서 사전에 삭제하는 유해
콘텐츠도 많다. K는 "섹슈얼리티 부문에서 검열이
빡세다. 조금만 노출이 심해도 다 잘린다"고 했다. 그러나
피드를 쭉쭉 내리다보면, 내가 논란의 여지가 있는
콘텐츠만 골라 보기 때문에 알고리즘이 잘못 형성된 탓도
있겠지만, 중요 부위에 옷을 꼼꼼히 걸치거나 은유적
레이어를 한 겹 더했을 뿐 성적인 함의를 짙게 담은
콘텐츠가 계속 눈에 들어온다.

잘못하면 오해받기 쉬운 조심스러운 얘기다. 특정한

춤 동작, 노래 등 유행하는 많은 표현의 의미가 너무 섹스인데, 그런 틱톡을 찍어 올리는 사람들은 다들 즐거워 보이고, 따지고 보면 섹스는 아무런 잘못도 아닌 데다가, 나는 섹스를 완전 좋아하기까지 하고, 그런데 이 좋은 걸 스무 살 넘은 사람들은 계속 할 테니까 열아홉 살 이하인 인간은 하지 말라고 하는 게 합당한가 싶은 한편, 아홉 살이 그러고 있는 걸 보면 "아이고! 저분은 지나치게 갓 태어난 인간이 아니냐! 어떻게 막을 방법이 없나!"라고 외치면서 즉각적으로 이마를 짚게 되는 솔직한 심정을 어찌 풀어내야 할지 어렵다고 느낀다.

"이거 청소년들 하는 거 보니까 친구 사귀고 싶다고, 자기랑 번호 교환하고 만나서 놀자고 올리는데 거기에 댓글이 엄청 많이 달리는 거야. 또래가 단 댓글일 수도 있는데, 인터넷 성범죄는 거의 다 그런 식으로 시작되니까 너무 걱정되는 거지. 누가 봐도 아이돌 팬인 여자애들이 올린 아이돌 굿즈 관련 게시물에 진짜인지 주작인지 증명해 봐라, 송장 번호 까라면서 엄청 시비 걸거든? 그런데 송장 번호 알려주면 집 주소나 이런 것들이 다 나오잖아. 보면서 알려주면 안 된다고 댓글을 일일이 달고 다닐 수도 없고. 그 짓(댓글 달기)도 좀 해봤다? 그런데 끝이 없더라."

마리의 한탄이 이어졌다. 몇몇 유저들이 아동·청소년
대상 교육 영상을 만들어 올리는 등 디지털 성범죄를
예방하고자 하는 노력을 진행 중이긴 하지만, 개인
계정의 교육 영상은 대상층에 도달할 수 있는 범위 및
정확도에 한계가 있어 충분치 않은 듯했다. 협박이나
친밀감 형성을 통해 개인 정보를 빼내고, 성적인 요구를
하는 온라인 그루밍 성범죄를 플랫폼 차원에서 억제할
수 있는 조치가 시급하다. 일단 연령에 따라서 계정 간
접촉을 제한하거나 메시지 및 라이브를 차단하는 조치를
고려할 필요가 있지 않을까?

K는 라이브만 켜면 꼭 들어오는 '애기'가 있다고 말했다.

"솔직히 십 대들은 열 살과 열여덟 살 사이에 말투 차이가
크지 않아서 채팅만 보면 잘 몰라. 그런데 계정에 들어가
보면 진짜 작은 어린이가 내복 같은 거 입고 있어. 그
애기가 들어오면 밍숭맹숭하게 예쁜 말만 하고는 있는데,
차단하면 슬퍼할까 봐 어떻게 할지 고민 중이야"

수십만 명에 달하는 K의 팔로워 중 그분을 특정해 신경
쓰게 된 사연이 궁금했다. 가만 들어 보니 K를 흠모하는
해당 유저가 자신의 정보를 K에게 일부러 노출하는
바람에 구체적인 인물을 인지하게 된 거였다.

90년대생 페미니스트의 틱톡 탐사기 2

틱톡커 마리는 어느 날 친구 K의 사진과 영상을 도용하며
'K사랑해'라는 닉네임으로 틱톡 활동을 하는 유저를
발견했다. 웬 놈인가 싶어 계정을 뒤져 봤더니 내복을
입은 작은 남자아이였다고 한다. 마리가 그 유저—H라고
하겠다—의 말간 얼굴을 마주하고 말문이 막혔던 순간을
쉽게 상상할 수 있다. 의심과 적대감의 맥이 탁 풀리며
"너무 어리잖아!"라고 중얼거렸을 순간을.

이제 K와 마리는 H의 존재를 알고, H를 어떻게 대할지
고민하고, H가 어린아이라는 점을 고려한 방송을 한다.
K의 영상을 탐독하며 K 누나가 자신을 알아주길 바라던
H는 소위 말하는 '성공한 덕후'에 속하게 되었다. 만약
H의 나이가 십 대 후반이라도 됐다면 이 사건은 좀
더 꺼림칙한 문제가 되었을 것이다. H의 행동 자체는
일종의 범죄로도 해석할 수 있는 위협이 될 수 있다.
하지만 H가 이토록 어린 지금 상황에서 K와 마리가 나쁜
의도를 가지고 H에게 역으로 접근했다면? 혹은 H가

여성이고 K와 마리가 남성이었다면? 충분히 생길 수 있는 이런 문제를 막으려면 어떻게 해야 할까?

그런데 한편으로는, 내가 너무 유난을 떨고있는 게 아닐까? 틱톡의 부정적인 면만 부각하다 보니까 이렇게 얘기하게 되는 것이지, 그 플랫폼이 특별한 범죄의 온상지라서 이러는 건 전혀 아니다. 일 편에서 언급했듯, 거의 모든 인터넷 공간이 정도의 차이만 있을 뿐 다 위험하다. 거의 모든 오프라인 공간에서 어린이를 혼자 방치해선 안 되는 것과 비슷한 맥락이다. 도처에 취약한 존재들을 노리는 위험이 도사리고 있다. 온 세상이 통째로 위험하다!

이상하게 들릴 소리라는 걸 안다. 과도하게 사람의 자유를 제한하려 드는 신경쇠약 걸린 여자처럼 보일지도 모른다. 사실 아동·청소년을 대상으로 디지털 성범죄 관련 교육을 할 때마다 이런 종류의 갑갑함을 느낀다. 작고 소중해서 가슴이 미어지는 인간을 붙들고 수십 갈래로 뻗어나갈 수 있는 폭력의 가능성을 가르치는 건 몹시 거북한 일이다. 어떤 경우에도 여러분의 잘못이 아니라는 말이 정말로 진실이기 때문이다.

원래 어린이들은 뭐든 시도할 수 있어야 맞다. 때로는 스스로를 좀 망쳐도 보면서 망한 부분을 회복할 기회까지 충분히 가질 수 있어야 맞다. 맘 같아선 여기도 나쁜 사람이 있고 저기도 나쁜 사람이 있다는 말 대신, 마음껏 즐기고 겁 없이 욕망했을 때 인터넷에서 얻을 수 있는 것들을 더 자주 얘기하고 싶다. 알고 보면 우리는 어차피 단 한순간도 평등하고 안전한 인터넷 공간을 가져본 적이 없었으니까. 그래도 괜찮을 수 있지 않았던가…? 유해한 인터넷 환경 내부에서 운 좋게 목숨에 지장이 없을 정도로만 상처를 주고받아 온 사람이 우리다. 사람은 부정적인 환경과도 적당히 부딪히고 깨져가며 성장할 수 있다는 사실을 보여주는 증거가 바로 나와 당신이다.

그러나 잘 보이지 않았을 뿐 괜찮지 않았던 사람, 목숨에 지장이 있었던 사람, 심하게 깨지는 경험을 하게 되었던 사람이 그때도 있었고 지금도 많으므로, 무슨 범죄가 있는지, 그럴 때는 어떻게 하면 좋은지에 관해 꼭 필요하다고 정해진 내용을 나열하기만 해도 교육 시간이 꽉 찬다. 그리고 그렇게 교육을 받은 후에야 자신의 경험이 온라인 그루밍 등의 성폭력이었다는 걸 깨닫게 되는 분, 그와 같은 경험을 해석하고 다루는 방법을 새롭게 알게 되는 분 또한 반드시 있다. 그러니까 누군가는 쟤 좀 왜 저러나 싶을 만큼 속을 끓이며 온갖 곳에서 가능한 사고를 미리미리 수색해 닦달하는 역할을 꾸준히 계속하긴 해야 하는 것이다….

틱톡에 관한 마지막 우려를 정리하며 90년대생 페미니스트의 틱톡 탐사기를 마무리해보겠다. 틱톡은 여러 SNS 중에서도 플랫폼 내부와 외부를 구획하는 경계가 선명한 편에 속하는 것 같다. 앱 내에서 있었던 일은 앱 내에서 있었던 것으로 수렴되는 경향이 있다는 점, 환금성이 부족하다는 점[1]에서 반짝 떠올랐다가 가라앉은 '클럽하우스'와 비슷한 부분이 있지만, 틱톡에서 제공하는 대단한 수준의 뷰티 필터와 계정 주인의 매력을 이미지로 압축 발산하는 포맷은 음성 따위와는 비교할 수 없는 쾌감을 제공하며 크리에이터가 틱톡 사용을 지속할 동기를 유발한다. 앱 내에서 명성을 얻어봤자 수익으로 연결하기 어렵다는 단점도 코인 후원 제도 생성으로 조금 보완되었다.

내가 지켜본 틱톡은 앱을 사용 중인 시간에만 성립하는 아이돌 양성의 장이라고 해도 과언이 아니었다. 여기서는 피드에 참여하는 모든 유저가 콘텐츠다. 심지어 거의 동일한 형식인 인스타그램의 릴스에서 그러한 정도보다 더 분명하고도 철저하게 콘텐츠로서 존재할 자격을 얻는다. 인스타그램에서 하기엔 과하다고 여겨지는 자의식 강한 행동을 해도 허용된다는 뜻이다.

나와 함께 마리의 틱톡 영상을 보면서 틱톡 특유의 분위기를 비로소 견딜 수 있게 된 친구 안담은 다음과 같이 말했다. "대놓고 즐거워하는 분위기가 있잖아. 인스타그램에서는 내가 보여주고 싶은 걸 세련되게 숨기는 게 미덕인 데 반해서 틱톡은 그래, *내가 보여주겠어, 이런 나를!* 이러는 분위기가 허용되고 장려되는 차이가 느껴져."

도전적인 표현, 과감한 액션을 뷰티 필터가 보조한다. 피부 결을 깔끔하게 밀고 이목구비를 선명하게 보정해 주는 필터와 결합하면 웬만한 사람은 '거슬리지 않게 개성 있는 마스크'를 갖게 되고, 일정 수준의 아름다움을 확보하면서 일반 카메라로 찍힐 때보다 더 자유로운 모습을 보여줄 수 있게 된다. 이렇게 예쁜 사람이 있는가 하면 저렇게 예쁜 사람이 있고, 일반적인 미의 기준과 살짝 불화해서 오히려 좋은 사람이 즐비하다. 연기, 노래, 춤 등을 곧잘 하는 일반인들이 평소엔 어디 숨어있었나 싶을 정도로 끝없이 쏟아져 나왔다. 못해도 귀엽고 잘하면 감탄스럽다.

자신을 잘 '파는' 게 능력인 시대에, 틱톡으로 촉진되는 이러한 감각은 미래 세대의 유용한 자원으로 쓰일지도 모르겠다. 친구와 만나면 다양한 효과와 배경음악을 간편하게 추가해 멋진 동영상을 찍어 올리는, 예전에는 상상도 못 했던 방식의 놀이를 누리는 게 긍정적인 면이 없을 리 없다. 마리와 K만 해도 틱톡을 찍는 과정과 업로드 후 국내 및 해외 팬들에게 얻는 즐거움이 크다고 진심을 담아 얘기해주었다.

그러나 팔려야 한다는 건 유구하게 녹록지 않은 일이다. 이 일반인 스타들은 기존 스타들이 노출되는 어려움에 비슷하게 노출될 수 있지만 소속사도 경호원도 없다. 단지 앱 내에서 끝날 인기를 위해 부추겨지는 매력 발산 방법 중에는 건강하지 않아 보이는 것들도 많다. 틱톡

필터로 변형된 내 얼굴을 마주하는 동안 나는 솔직히
우울했다. 실제로 틱톡 영상처럼 생겼다면 얼마나
좋을까? 나 혼자만의 우울은 아닐 거라고 생각한다.

SNS에서 주목받기 위해서 노력하는 사람들은 언제나
있었다. 내가 십 대일 때도 싸이월드에 올린 포토샵 보정
사진을 따라 실제로 성형하기까지 하는 사람들이 없잖아
있었다. 하지만 그건 틱톡처럼 유저의 신체와 밀착돼
규격화된 판이 일상적으로 깔린 환경과는 비교할 수조차
없다. 예나 지금이나 똑같은, 너무 오래된 괴로움이 새로
닦인 도로를 타고 더욱 체계적으로 밀려오고 있다.

1) 2022년 1월을 기준으로 한 코멘트다. 틱톡은 콘텐츠 리워드, 도네이션 등의
   업데이트를 통해 꾸준히 수익 구조를 개선하고 있다.

티라미수가 없어지는 꿈

이건 원래 내 단골 악몽 레퍼토리였다. 꿈속에서, 자고
일어났더니 집 안이 이상하게 조용한 거다. 불길한
침묵을 해치고 기니피그들에게 다가가 밤사이 잘
있었냐고 말을 걸면 애들이 대답을 안 한다. 애들이
죽어있다. 죽어서 아무도 대답을 못 한다. 나는 이 꿈을
정말 자주 꿨다. 그래서 대처 방법도 잘 안다. 이게 꿈일
때는, 빨리 깨어나면 된다. 자리를 박차고 일어난 다음
기니피그들이 잘 있는지 확인해 보면 된다. 살아있는
티라미수의 따뜻한 몸통에 손을 대고 있으면 깜짝 놀라
선득해진 가슴이 서서히 미지근한 온도로 갈무리되고,
새로운 아침이 시작된다.

요즘은 약을 먹어도 몸이 잠들려 하지 않는다. 약 기운에
반발하는 몸이 메스껍고 불편하다.

인절미가 아직 살아있나? 확실한가?
약을 먹지 않고 밤에 가만히 누워있으면 너무너무 화가

난다. 화가 나서 고성을 지르고 싶어지고 발버둥 치고
싶어지고 물건을 집어 던지거나 깨고 싶어진다. 한 시간,
두 시간⋯. 분노로 떨리는 사지말단이 곧 탈진한 듯
가라앉는다. 뒷머리가 무겁게 떨어지며 아래로 아래로
추락하기 시작한다. 그때부터는 두렵고 서럽다.

동물이 인간을 본다, 신이 인간을 보듯이

말이 인간을 등에 지고 달리는 건 '자연스러운' 일이
아니다. 말과 인간이 함께 정해진 트랙을 달려 나가기
위해서는, 말에게도 인간에게도 훈련이 필요하다. 나는
경주마 훈련에 대해 잘 알지는 못하지만, 훈련받은 말들이
인간에게 복종하는 연습을 했다는 것쯤은 알고 있다.
달리라고 하면 달리는 시간을 반복해 온 그 말들이 힘껏
달릴수록 칭찬받는다는 사실을 학습했다는 걸 알고 있다.
그리고 어쩌면, 그렇게 달리는 동안 자신을 힘들게 하는
인간들을 콱 믿어 버린 순간이 있었을지도 모른다고
생각해본다. 훈련과 경주 같은 고생스러운 과정을 버티기
위해 말이 인간에게 품었을 마음이 따로 있지 않을까.

오 년여 간 경주마로 이용되다가 성적이 좋지 않다는
이유로 말 대여 업체에 팔려 온[1] 퇴역 경주마 '까미'는
드라마 촬영을 하느라 죽었다.

까미는 극중 인물이 낙마하는 장면을 찍기 위해 불려

왔다. 인간들이 까미의 발에 줄을 묶고, 까미의 등에 배우를 태우고, 까미로 하여금 힘껏 달리게 했다. 인간이 달리자고 해서 달린 일이야 셀 수 없이 여러 번 해봐서 익숙했을 테지만, 달리는 도중에 발에 묶은 끈을 당겨 넘어지게 하는 건 태어나 처음 겪는 무서운 배신이었을 것이다. 까미는 자신이 달려나갔던 힘을 그대로 받아 바닥에 목이 꺾이며 고꾸라졌다. 달리다 만 뒷발이 하나, 둘, 세 번 흙바닥을 긁다가 이내 움직임을 멈췄다.

"까미가 넘어질 때, 고통스러운 것도 있는데, 왠지 당황하는 것 같지 않아? 순간적으로 말이야. *왜 이렇게 된 거지? 내가 뭘 잘못했지?* 이런 당황과 수치도 있는 거 같지 않아?" 까미의 영상을 열 번 정도 돌려 보고 나서 친구에게 보냈던 텔레그램 메시지다.

동물도 감정을 느끼니까 동물을 학대하지 말자는 얘기를 하려는 게 아니다. 동물 보호·복지나, 동물이 갖는 '권리'에 대해서도 지금은 논하고 싶지 않다. 동물 촬영 가이드라인 제작을 비롯한 제도 개선 촉구에 대해서는 동물자유연대 등 여러 동물권 활동 단체에서 활약해 주셨으니 그분들의 글[2]을 읽으면 된다.

나는 그냥 까미를 봤다. 까미는 배신을 당한 거라고, 이건
너무 수치스러운 일이라고 느끼면서. 그게 내가 말하고
싶은 모든 것의 시작이다. 나는 까미를 봤고, 까미를
생각했다. 예를 들어, 까미가 혹시 다시 달릴 수 있게
되어 기쁘다고 생각하진 않았을지 궁금해했다. 퇴역한
경주마 중에서는 인간을 좋아하는 말, 경주에 나가지
못해 우울해하는 말도 있다고 하던데, 까미는 아무것도
모르고 촬영장에 첫발을 내디뎠을 때 내심 기쁘기도
했을까? 드디어 자신에게 다시 쓸모가 생겼다는,
안심되고 들뜨는 기대가 혹시 있었을까?

그런 다음에는 아무것도 모르고 일하러 갔다가 죽은
노동자들 생각도 했다. 일터에서 시키는 대로 하다가
죽게 된 사람들의 이야기를 떠올렸다. 산업재해로 죽은
사람이 2021년에만 팔백이십팔 명이다.[3] 떨어져 죽고,
기계에 끼여 죽고, 깔려 죽고, 뒤집혀 죽은 인간들의
사망 원인을 생각하고 있자, 유령처럼 너울거리는
질문들이 어김없이 따라와 붙었다. *왜 이렇게 된 거지?*
내가 뭘 잘못했지? 방 안에서 혼자 까미를 보면서
생각하는 중이었으므로 혼자 묻고 혼자 대답한다. *회사가*
잘못했지. 안전 수칙을 지키고 작업 환경을 점검하는

것보다 인간이 죽는 편이 저렴해서 그런 거지.

그래, 아무래도 번거롭게 CG 작업 같은 걸 따로 하는
것보다는 까미가 죽는 편이 저렴했겠지. 그렇게 혼자만의
생각이 이쪽저쪽으로 튀며 이어지는 가운데, 갑자기 죽은
까미가 나타나(!) 묻는다. *내가 만약 경주장에서 더 열심히
달렸다면 이렇게 죽지 않을 수 있었을까?* 나는 무슨
대답을 해야 할지 몰라 잠시 말문이 막힌 채로 까미를
마주 본다. 경주마들은 자신이 언젠간 반드시 은퇴하게
되어있다는 사실, 퇴역 경주마는 이렇게 죽지 않아도 결국
사료 제작 등에 '활용'된다는 사실을 모르고 달려왔다.
그건 까미가 자책할 일이 아니니 질문을 바꿔 보자는
제안을 꺼내기 전에, 다른 어떤 반응을 하기도 전에 먼저
내 두 뺨이 붉게 달아오르고 눈가에 눈물이 고인다.

이건 전부 부적절한 상상이다. 동물이, 타인이 진짜로
무엇을 느꼈고 무슨 생각을 했으며 어떤 질문을 했을지는
나로서는 전혀 알 수 없는 영역이기 때문이다. 내가
추측한 감정과 연결했던 존재들이 이대로 괜찮은지
아닌지를 당사자에게 확인해 볼 방법은 없다. 확실하게
남아 만져지는 건 수치심 때문에 뜨거워진 얼굴과 눈가에

남은 눈물 자국뿐이다. 나는 까미를 봤다고 생각했다.
그리고 까미가 있는 쪽에 고통과 수치가 있다고 느꼈다.
분명 그랬는데, 혼자 있는 방 밖으로 나오면 내가 느낀
것들이 진짜라고 주장할 수 있는 상대가 어디에도 없다.
그렇다면 대체 내 뺨과 눈의 상태는 어떻게 설명해야
한단 말인가? 나는 내 쪽으로 꽂히는 시선의 주인을
찾다가 내가 뭔가 착각하고 있었다는 걸 깨닫는다.
동물이 나를 보고 있었다. 동물도 나를 보고 있었다.

동물이 인간을 본다. 인간을 기피하는 벌레들, 인간을
따라 점점 더 웃는 얼굴이 되어 가는 강아지들, 인간에게
너무 자주 거절당해 주인보다 앞서 밖으로 나갈 준비를
하는 시각장애인 안내견들, 인간에게 보답하고자 건넨
죽은 쥐가 호감을 얻지 못하자 살아있는 쥐로 바꿔주는
고양이들, 지나가는 시민의 얼굴을 알아보는 까치와
까마귀들, 꽤나 사무적인 태도로 관광객을 접대하는
관광지의 동물들, 인간을 다른 종과 구분해 잡아먹지
않기로 결정한 범고래들이 인간을 본다.

드라마 촬영장에서 쓰러진 경주마, 인간이 만든 유리
벽에 부딪혀 죽는 새, 인간이 버리고 간 그물에 걸린

바다 생물, 인간이 오염시킨 물을 마시고 죽은 물살이,
고기로 가공되기 전 죽음을 앞두고 피눈물을 흘리는
소, 태어나자마자 기계에 갈려 다져지는 수평아리들,
도살장으로 향하는 트럭에 담겨 동물권 활동가들이 주는
물과 감자를 허겁지겁 받아먹는 돼지가 인간을 본다.
밥을 먹일 수도 밥으로 먹을 수도 있는 것, 옷을 입힐
수도 옷으로 입을 수도 있는 것, 쓰다듬을 수도 죽일 수도
있는 것들의 눈이 인간 말고는 만날 수 없는 장소까지
따라 들어와 나를 보고 있다.

동물이 인간을 본다. 신이 인간을 보듯이. 너무 많이
겹쳐서 누가 누구인지 모르겠는 얼굴의 투명한 입이
천천히 움직인다. 우리 중 누구도 천국에 갈 수 없다.
이제 어떻게 살고 어떻게 죽을 것인가.

〈뉴스앤조이〉(2022.1.29.)

1) 생명환경권행동제주비건·제주동물연구소×동물자유연대
   인스타그램 게시물, 은퇴 후 촬영 현장에서 사망한 경주마,
   퇴역 경주마 복지 체계 구축을 촉구한다, 2022.1.22. 참고.
2) 단지 한 장면을 촬영하기 위해 동물을 저렇게 대하는 건 부당했다는
   지점에 많은 시민의 동의가 모였고, 방송국도 농림축산부도
   미디어에 출연하는 동물이 지금보다 더 나은 대우를 받을 수 있도록
   하겠다는 약속을 내놓았다.
3) 고용노동부, 21년 산업재해 사고사망 현황 발표, 2022.3.15.

병원 가는 길

컵 하나에 율무차 네 포를 넣어 먹고 있다. 율무차,
천마차, 미숫가루와 같은 분말류는 정해진 용량보다
진하게 타면 무조건 더 맛있다. 나는 어른이기 때문에
이렇게 먹어도 나를 말리거나 저지할 사람이 없다.
하하! 율무차 오남용은 합법이지롱! 걸쭉한 율무차를
밥숟가락으로 떠먹으면서 내게 금지된 다른 음식들을
생각했다. 커피믹스 같은 거…. 물론 의사가 먹지 말라고
해도 내가 먹어버리면 그만이긴 하지만 그로 인해 겪게
될 고통과 내야 할 돈의 규모를 너무 생생하게 알기에
정말로 '금지'가 되어버린 것들….

길을 걷다가 심심할 때 문득 떠오르는 기억이 있다.
내가 끈나시에 핫팬츠 입고 돌아다닌다는 이유로
침을 뱉은 화곡동 길가의 할아버지, 지금쯤 죽었을까?
고령 사회니까 또 모르지. 아직 살아있을지도. 아직
살아있다면 언제 죽게 될까? 아프려나? 아무래도
아프겠지 죽어가는 동안. *할아버지~ 죽었어요?*

할아버지가 아는 모든 사람 중에서 그저 스쳐 지나갔을
뿐인 제가 당신을 가장 오래 추억할 거예요. 입안에서
곱게 녹여 먹는 알사탕처럼 끝까지 깨물어주지도 않고.

비非순간이동

대중교통 타는 게 좀 힘들다. 아직 아예 못 탈 정도까지는
아닌데, 그래도 조금 힘들다.

왜 그럴까?

버스는 버스고 지하철은 지하철이다. 처음 버스가
버스이고 지하철이 지하철이었을 때부터 쭉 똑같다.
나는 버스도 타봤고 지하철도 타봤다. 이용하는 방법도
알고 후불 교통카드도 있고 타면 어떻게 되는지도 다
안다. 버스를 타거나 지하철을 타면, 그게 막 움직인다.
내가 손잡이를 붙들고 멀뚱히 가만히 있는 사이에
그것들이 움직여서 나를 아까 있었던 곳에서 멀어지도록
옮겨 준다. 올바른 방향으로 멀어지고 있는지, 언제 이
물체에서 내릴지만 신경 쓰면 문제없다. 휴대폰에 지도
앱이 깔린 후엔 가야 할 방향과 도착 지점을 모르고 사는
일도 어려워져서 결국 모든 게 더 쉬워졌다고들 한다.

그런데 나는 왜 그럴까?

언젠가 버스도 지하철도 못 타겠다는 이유로 출근을 하지 못하게 되는 날이 올까?

사실 지금도 거의 택시를 이용해서 출근하고 있긴 해.

오늘은 담이 집에 가서 글을 쓰기로 약속했는데 그래서 열심히 집 밖으로 기어나갔는데 역 앞에서 지하철 타고 은평구까지 갈 일을 생각하니 갑자기 마음속 용기의 날개가 부러지고 희망의 등불이 꺼지고 사람답게 살고 싶다는 의지가 모조리 꺾여서 사람으로서는 하지 않는 게 좋은 '약속 시간 직전에 약속 취소하기'를 했다.

다육이 키우기

옳고 그름이 나 자신의 안위보다 분명해지는 순간이
있나요?
온 생명을 다 바쳐 따르고 싶은 부름이 있나요?

한강 작가의 《소년이 온다》(창비, 2014) 114페이지를
펼쳐보세요. 양심. 거기서부터 양심의 일부가 되었다고
느꼈다는 부분까지 소리 내어 읽어보세요.

이다음 이야기가 또 있습니다. 양심에 철저히 복무하여
아름다운 결과를 얻고 평생 정합성 있게 살게 되는
이야기는 아닙니다. 삶은 저런 찰나의 느낌―열감, 환희,
고결, 신성―으로 완성되지 않으니까요. 전부 착각이었을
수도 있으니까요. 시간은 흐르고 상황은 달라지는데,
내가 느꼈다고 생각했던 뭔가는 어쩌면 강처럼 흘러가는
변화무쌍한 시간과 상황이 우연히 빚어 떨궈놓은 허무한
구성물에 불과할 수도 있으니까요.

세상에서 제일 무서운 게 양심이라니, 그럴 리가 없죠.
사람이란 살고 싶어 하고, 고통을 싫어하고, 먹을거리와
입을거리, 잠잘 공간이 없으면 급격히 더러워지는
동물입니다. 만져지지도 않는 양심 따위는 삭고
부러지고 썩을 수 있는 한 인간의 누추하고도 강력한
실존 앞에서 얼마든지 망각될 수 있어요. 저는 양심보다
바퀴벌레가 더 무섭거든요. 그러니까, 여러분이 메일
맨 앞에 달린 질문들의 저의를 오해하지 않으셨으면
좋겠어요. 그런 순간, 그런 부름이 없는 편이 오히려
괜찮은 거라 생각해요. 만약 여러분의 안위보다 중요한
게 있다고 말하는 사람을 만나면 도망치세요. 온 생명을
다 바쳐 따르고 싶은 부름이 들리면 의심하세요. 그러나
불행하게도 도망쳐도 의심해도 떨쳐낼 수 없는 무엇을
이미 만나버렸다면….

대체 어떻게 해야 할까, 이번 주에 함께 생각해봅시다.

아닐 수도 있다는 가능성을 두고 말하긴 했지만, 사실
여러분은 이미 만났을걸요. 아닐 리가 없습니다.
왜냐하면 지금 글 쓰시잖아요. 정말로 생각해보세요.
거창한 사건일 필요는 없어요. '내 인생을 망치러 온

나의 구원자'[1], 내게 손해인 걸 알았지만 이상하게도 할 수밖에 없었던 행동, 나중에 후회하기도 했지만 그땐 질러 버릴 수밖에 없었던 선택, 외면하지 못했던 남의 얼굴, 어딘가로 멀리 쏘아질 동력을 제공하듯 몸을 뜨겁게 데우고 눈 속에 기이한 빛을 박아 넣는 하나의 기억. 그래요, 누가 내 심장을 만지는 것처럼, 나를 무릎 꿇리는 거역할 수 없는 목소리.

그 목소리 때문에 쓰게 되는 글이 우리를 시간과 상황 밖으로 나가게 해줄지도 모릅니다.

_무늬글방 6주 차 과제 알림 메일

글쓰기 수업이 끝났다. 한 달 정도 쉬고 새로운 커리큘럼을 짜보려 한다.

어제는 멜섭욉비 집에 가서 오시미 슈조의 만화《피의 흔적》을 1권부터 9권까지 호로록 읽은 다음 홀복 입어보기 놀이를 했다. 새 옷으로 갈아입을 때마다 멜섭이가 열과 성을 다해—진심이 아닐 때는 절대 나오지 않는 목소리 톤과 표정으로—나를 초이스 해주었다.
멜섭이는 내가 여름과 활동하다가 '차별과 혐오' 같은 거
또 겪을까 봐 걱정이 되는 눈치다. 성노동자 권리운동을
본격적으로 함께하기 시작한다면 내게 어떤 어려움이
생길지 나도 알고 멜섭이도 아는데, 내가 나를 걱정하는
것보다 멜섭이 나를 더 깊이 걱정하는 것 같다. 그렇지만
유리는 겪지 않기를 바라는 일이 지속되는 자리에
멜섭이만 두고 살기 싫다. 수모를 겪어도 같이 겪고,
오해를 받아도 같이 받으면서 살고 싶다.

집에 돌아오는 길엔 나를 덜 외롭게 만드는 소수의
인원을 생각했다. 그들의 존재는 어쩐지 마음속 땅에
돋아난 오동통한 다육식물로 만져진다. 나는 왜 그곳을
땅이라고 확신할까? 배를 갈라 확인해볼 수도 없는
장소인데. 멜섭이네서 읽은 만화책 더미 중 한 권[2]에
다음과 같은 구절이 있다. 죽음을 그리는 대부분의
작가들과 그걸 읽는 독자들은 죽음을 경험하지 못했지만,
죽음을 아는 것처럼 저는 죽어본 적이 있고.

1) *아가씨*, 박찬욱 감독, 2016.
2) 야마시타 토모코, "하나이자와 주민센터 소식 2", 대원씨아이, 2018, 129p.

안녕하세요, 중앙북스입니다

출판사에서 책을 내자는 연락이 왔을 땐 기뻤지만
어리둥절했다. 미팅을 진행하고 계약서를 쓰는 내내
풀리지 않는 의문이 있었다.

대체 뭘… 출간하는 거지?

나는 뭘 쓴 거지? 이건 무슨 책일까? 도통 모르겠다는
생각이 들었으나 그런 기색을 보였다간 출판사 측이
정신을 차리고 '맞습니다. 전부 실수였습니다' 같은
말을 하면서 나와의 계약을 취소할까 봐 잠자코 있었다.
가만히 묵묵히 편집자님이 요청해 주신 대로 블로그에
올린 글과 기고했던 글을 긁어 원고 모음을 만들었다.
그리고 그렇게 그간 써둔 글을 모아놓고 보니까 깨닫게
되었다.

"이거 정신병 환자 수기집이네."
리타가 ㅋ 여섯 개와 함께 대답했다.

"깨달은 거 자체는 좋지 않아요? 알게 돼서."

걱정이 있다. 내가 정신병자라는 사실이 지나치게
직접적으로 알려질 경우 생길지도 모르는 문제에 관한
걱정.

잠투정 및 약 부작용 호소, 자살 충동 기록을 주 목적으로
하는 익명 SNS 계정이 최근 황당하게 사이버 불링에
휘말렸다. 누가 볼 거라고 예상하지 못하고 휘갈겨
둔 몇 마디 글이 욕설과 함께 하루 종일 반복 공유된
것이다. 미움받고 있는 여자에 관해 조금 다른 방식으로
생각했기 때문에, 밉상인 여자의 잘못이 훤히 드러났을
때 마땅히 기대되는 태도와 행동을 보이지 않기 때문에
얻어먹은 욕이었다. 나는 내 글에 달린 코멘트들을 쭉
읽어내려가며 잘못 생각하고 쓴 문장이 있는지 다시
생각해보았다. 여전히 내가 옳았다. 그래서 그 글을
그대로 뒀다.

사이버불링의 막바지에서, 백이십일 번째 모르는 사람이
내 글을 공유하면서 "이 사람은 어떻게 이런 생각을 할
수가 있는 거냐, 이 글쓴이가 혹시 상식을 몰라서 이러는

건지 충격적"이라는 반응을 보였다. 그 코멘트에는
약간의 두려움마저 묻어 있었다. 백이십일 번째 사람과
친분이 있어 보이는 백이십 번째 모르는 사람이 나타나
당시 먹은 욕 중에 가장 타격감 있었던 욕을 댓글로
달았다.

"이 사람 타임라인 보니까 정신병 있는 사람 같아요. 신경
쓰지 말아요."
나는 이 말을 읽고 정말 크게 상심했다.

그러면 안 된다. 신경 쓰지 않으면 안 된다. 내 글이 눈에
띈 이상 신경이 쓰여야만 한다. 내가 정신병자라는 이유로
내 글을 신경 쓰지 않게 되면 안 되는데. *어떡하지?*

내가 말하면 좋은 말로 할 때 들어라. 더 좋은 말로 하기
전에. 더 쉽게 더 간명하게 쓸 테니 읽어라. 뻑뻑한
구간엔 기름기 있는 농담을 칠해서 꿀떡꿀떡 넘어가도록
해볼 테니 먹어라. 그래도 어렵다면 죽으로 만들어
흘려주고 씹을 필요 없게 떠먹여주겠다. 끝내 돌아선다
해도 가랑비로 내려 옷깃을 적시고 말 테니까. 집에 가는
길에 그 여자의 이상한 소리가 자꾸 생각나도록.

안담, 리타, 인절미

제 일기에 등장하는 님들의 실명을 까도 돼요?

제가 여러분을 익명화하는 이유는 혹시라도 제가
잘못됐을 때 님들까지 불필요한 괴로움에 휘말리게
될까 봐, 그리고 우리 사이가 틀어져서 나중에 옛날 글을
읽다가 이름 때문에 너무 마음 아파질까 봐, 이렇게 두
가지가 있는데요, 1번을 님들이 감수하고 2번을 제가
부담하는 방식으로 분담해서 여러분의 이름을 책에 넣고
싶어요.

리타가 먼저 "전 ㄱㅊ해요"라고 했고 안담도 흔쾌히
"저두 물론 갠찬"이라고 했다.

안담이 자꾸 맛있는 걸 만들어줘서 기쁘다. 담에겐
솜씨가 있다. 깨끗이 씻은 맨손을 이리저리 움직이면서
막 아무렇지도 않게 잠깐 근처 우물에서 뚝딱 물
길어오는 것처럼 정한 음식더미를 건설해 내놓는 폼이

몹시 노련하고도 합당해 보인다. 저 손을 아무 맹물에나 담가놓으면 물에 감칠맛이 생기지 않을까 담이의 손을 물에 담그지 않을 거지만 실제로 담근다 해도 감칠맛 나는 물을 얻을 수 없겠지만.

나는 이런 식으로 생각하는 다른 동물을 한 명 안다. 우리 집 인절미다.

요즘 인절미가 아파서 매일 약을 먹이고 있는데, 어째서인지 약을 너무 좋아한다. 티라미수 약 먹는 모습을 지켜보는 동안 걔 혼자 뭔가 좋은 걸 먹고 있다고 생각했던 건지도 모른다…. 약을 먹으려고 자기 영역 밖으로 뛰쳐나오는 동물은 금시초문이다.

하여튼 그 뭐냐, 인절미가 보는 앞에서 약을 조제했더니(물그릇과 가루약 봉투를 인절미 앞에 두고 가루약 봉투에 주사기로 물을 넣어서 약을 녹인 다음 주사기로 급여함) 인절미 딴에는 물그릇에서 약이 나온다고 생각하게 된 것 같다. 뭐가 뭔지 몰라도 약이 만들어질 때 나타나는 저 그릇 속의 액체=물이 약의 원천임이 틀림없다고 믿는 모양이다. 완전히 틀린 추론은 아니지만 곤란하다.

요즘은 물그릇만 보면 빨리 약 내놓으라고 돌진해서
엎어버리는 바람에 인절미가 안 보는 곳에서 몰래
비밀스럽게 약을 만들어 먹이고 있다.

생일

보통 일상적으로 가장 자주 하는 생각은 '살기 싫다'입니다. 일기를 구성하는 많은 문장이 사실은 그냥 살기 싫다는 한 문장을 관찰하고 변주하고 늘이고 난리 친 결과인데요~. 특히 생일이라도 되면 그 생각을 떨쳐버릴 수가 없답니다. 매년 비슷한 염병을 떨면서 n년 전 오늘 벌어진 사건에 대한 강박적 상상에 푹 빠져버리는 편이죠.

커서 내가 될 아기가… 공기 중에 나타났고… 젖은 몸이 보송하게 마르기도 전에 인간족의 구성원으로 등록되었다…. 거기서부터는 뭐 울어봤자 아무 소용없는 거고 끝인 것이다 끝….
…(어디선가 멀리서 *철컥!* 하는 효과음이 들려옴)

나를 낳고 기른 사람들이 불쌍하다. 아마도 나는 그들이 예수와 공자였어도 불평하는 글을 썼을 거다. 태어나서 정말 죄송한 것 같다. 내게 있는 빛나는 것들은 다

엄마가 심어준 건데. 엄마가 날 가르쳤고 엄마에게 내가
배웠는데 엄마를 내가 훔쳐온 건데. 그 사람들이 내게
잘해준 기억이 많다. 나 때문에 힘들어도 이 악물고
고생을 감수해냈던 기억 남에게 자존심 굽혀가며 내게
뭔가 좋은 걸 주려고 시도했던 기억 아파서 죽어가는
나를 끝끝내 살려냈던 기억 그런 게 있다. 가만 생각해
보면 내가 태어난 게 잘못이다. 내가 없었다면 생기지
않을 문제들이 내게 다시 돌아와 나를 괴롭게 했다 그건
남들 탓이 아닌 것 같다. 가만 생각해보면 다 내 잘못…
그러니까 가만 생각하면 안 된다 그만 생각해야 한다.
표어로 만들어서 어디 벽에 붙여놓기라도 해야 한다.
위기탈출 119 가만 생각할 때가 아닙니다 그만 생각할
때입니다. 자러 가자 꿈 없는 잠 속으로 가자…. 얼마
전엔 친구들이 잘 때 꿈을 꾼다고 해서 놀랐다. 맞다
사람은 꿈을 꾸지? 새로운 약을 먹고 잠들기 시작한
후로부터 나는 꿈을 꾸지 않게 되었다.

봄

비 온 다음 날 아침 꿀벌은 아스팔트 팬 자리마다
자작하게 고인 벚꽃물을 구경했다. 어제는 추웠는데
오늘은 춥다고 생각하면서. 내일은? 너무 커서 육안으로
볼 수 없는 슬픔이 하늘과 땅을 뒤덮고 있었다. 저것을
과거로 몰아내며 세계를 새롭게 점령할 다른 행복이
없다. 밤새 마른 도로 위로 바람이 걸어가면 뒤따라
오소소 일어서는 산 벚꽃 죽은 벚꽃. 뾰족한 모서리로
꼿꼿이 선 꽃잎 몸들, 도시에 쫙 끼치는 연분홍 소름.
꿀벌은 예비용 우산을 들고 서둘러 그 자리를 떠났다.

명계의 꽃은 봄 여름 가을 겨울 구분 없이 한꺼번에
피어나 영원히 지지 않는다는 소문이 있다. 곧 죽게 생긴
꿀벌들을 위로하기 위해 만들어진 이야기는 아니라고
한다.

죽음이 아니라 삶

토요일엔 친구 결혼식에 참석했다.

코로나 시국이라 하객이 적었고 머리부터 발끝까지
여자 차림을 한 채 사진을 많이 찍었/혔고 끊임없이
다른 사람과 소통해야 했다. 힘들었다. 그래서 집에
돌아오자마자 앓아누웠다.

그러다가 월요일이 됐고, 아침에 일어났고, 출근했고,
일했다.

퇴근하는 길, 먹먹하게 무거워진 몸을 질질 끌고 돌아와
집 문을 열고 신발을 벗고 한 발짝 두 발짝 어질러진
물건을 피해 춤추는 발걸음으로 부엌에 도달해 흐르는
물에 맨손 깨끗이 씻어 토마토 하나 반으로 쓱 갈라
인절미랑 나랑 한 조각씩 나눠 먹는다. 달래된장국
끓이고 파김치 얹어가지고 내 저녁밥도 마저 먹인다.
다 먹이고 설거지를 마친 빈 싱크대에 닷새째 냉장 보관

중인 열무 한 다발을 쏟아 꺼내서 구석구석 씻기고 잘라
소금 뿌려 재워둔 다음 인절미 집 치워주고 물 먹이고
약 먹이고 미나리 한 주먹 먹이고 나서 다시 부엌으로
돌아가 아까 재워둔 열무 깨운다. 아직 숨이 죽지
않은 열무에 쪽파 다섯 가닥 쫑쫑 썰어 넣고 다진 마늘
고춧가루 멸치액젓 섞은 양념을 버무린다. 감칠맛 나라고
식혜 넣었고 시원해지라고 미나리 넣었다. 아까 인절미
먹이고 남은 만큼만. 마지막으로 인절미의 호흡기 질환을
치료하기 위해 작은 가습기를 정수물로 닦고 약을 탄
물을 부어 인절미가 이십 분 동안 들이마실 수 있도록
분무해 주면 월요일 끝 화요일 새벽 한 시 이십 분이다.
인절미가 충분히 약숨을 쉬고 나면 가습기를 다시 들고
나가서 닦아주어야 한다.

케이지 안에 가습기와 인절미가 있고 밖에 내가 있고
천장 조명은 꺼뒀다. 어둡다. 작은방 전등 고장 난 건
언제 고치지?

지난주에 이어 이번 주 병원 예약 시간을 또 놓쳤다.
또 이런다. 병원 갈 시간만 되면 뭘 하기로 했는지
감쪽같이 잊어버리게 되는 탓이다. 이는 내가 고질적으로

앓고 있는 기억장애 증상 중 하나로, 죽고 싶어하는
내 무의식—혹은 그냥 의식—이 치료와 약물 복용을
거부하느라 그와 관련된 기억을 삭제해 버린 깃, 이라는
해석이 가능하다. 일종의 자살 시도인 셈이다.

병원에 못 가면 약을 받아먹을 수가 없다. 약이 끊기면
머릿속이 뒤죽박죽이 된다. 정렬해놓은 것들의 순서가
바뀌고 글자의 크기가 달라진다. 온전히 잠들지도
깨어나지도 못하는 혼란 속에서 죽으면 속이 시원해질 것
같다는 강박에 사로잡힌다. 칼이나 가위로 심장을 찌르면
고통 대신 가려운 곳을 긁은 것 같은 쾌감이 돌아올
것 같아서 그 상상을 실행에 옮기고자 하는 충동을
자제하기가 힘들다.

혼자 하는 술래잡기가 끝나지 않는 기분이다. 죽고
싶어서 기억을 상실해버리다니 정말 죽고 싶은가? 별로
그렇지도 않다. 진짜로 죽이면 살려달라고 할 게 뻔하다.

와난 작가의 〈집이 없어〉라는 웹툰이 있다. 어머니가
돌아가시고 집이 없어진 고해준이라는 고등학생이 한 살
어린 백은영과 폐가에서 살게 되는 이야기다. 17화까지,

백은영은 이해하기 어려운 캐릭터로 묘사된다. 사기, 도둑질, 폭행도 서슴지 않는 백은영은 고해준의 불행을 즐기는 듯한 모습을 보인다. 백은영은 폐가를 청소하는 고해준을 방해하다가, 깨끗해진 집에서 꽃구경을 하는 고해준에게 꽃이 싫다는 말을 한다. 고해준과 백은영은 싸우기 시작한다.

고해준: 애초에 꽃구경하는 사람한테 와서 자긴 꽃이 싫다느니 봄이 싫다느니 이상한 소리만 한 게 누군데? 대체 누가 봄을 싫어하냐? 꼬인 새끼! 가을은 안 싫고?

백은영: 그래, 난 꼬여서 봄도 싫고 다 싫어, 됐냐? 너 같은 새끼도 싫고, 이 집도 싫고, 봄도 싫고, 가을도 싫고, 명절도 짜증 나. 크리스마스도 싫고, 연말도 연초도 다 짜증 나.

고해준: 아니 뭐 이렇게 음침한 놈이 다 있나? 넌 대체 안 싫은 게 뭐야? 일 년 내내 그렇게 짜증 나서 어떻게 살아?

백은영: 너도 곧 짜증 나게 될걸? 설명보다 경험이 빠르지. 좋은 한 해 돼라.

웹툰을 읽는 사람들은 점점 백은영을 자신의 방식대로 오해하고, 애정을 보내게 된다. 그러나 사실 그들 중 대부분은 현실에서 백은영을 만나면 혐오했을 것이다.

그럴 만한 합당한 이유가 있는 혐오감을 느꼈을 것이다.
웹툰 바깥의 백은영들은 못생겼다. 특출난 재주도 없고
좋은 사람, 좋은 기회를 만나지도 못한다.

네가 무지하니 나더러 용서하란 말이니?
아니, 나를 용서해줘서 고맙다고….

요즘은 그런 생각을 한다.
다른 방법이 없음을 확인하고 내게 닥친 나쁜 일과
사이좋게 잘 지내려고 노력했던 것, 주로 나쁜 일만
생기기 때문에 나쁜 일도 소중히 여겼던 것, 나쁜 일에서
내 책임을 찾고 끝까지 책임지려 했던 것. 누구도
누구를 일방적으로 망칠 수는 없는 거라고, 나도 힘
있는 사람이라고 믿었던 것. 그런데 딱히 그렇지는
않았을지도 모르고 어쩌면 전혀 그렇지가 않았고 내게
정말 필요한 건 보호자였고 경찰이었고 내가 도달할 수
있는 법원이었다는 것.

뚝뚝 울고 있는 여자의 실루엣이 맞은편 거울에 비친다.

이 순간에도, 지금 이 순간에도 그래도 아직 살아있어서 다행이다. 우는 모습도 봐줄 만해서, 문자를 수족처럼 부릴 수 있어서, 친구들을 만나러 갈 수 있어서 다행이다. 다시 하면 되지. 뭐든 다시 하면 돼. 자고 일어나자. 다시 할 수 없는 시간이 올 때까지 포기하지 말자. 내일 저녁엔 소면 삶아서 열무 겉절이랑 비벼 먹어야지. 참기름 넣어서. 콩고기 만두를 딱 세 개만 구워서 소면에 곁들여 먹을 거야. 꼭 그럴 거야.

부록

우리는 어떻게 내가 아닌 사람을 알게 될까
– 김형수 장애인권운동가 인터뷰

유리: 안녕하세요. 저는 페미니스트 활동가 유리입니다. 갑자기
연락드려서 좀 황당하셨을 수도 있을 텐데, 이렇게 저와 대화
나눠주셔서 정말 감사합니다.

　　최근 각계각층의 자기밖에 모르는 소식을 너무 많이 듣게 돼서
형수 님이랑 급히 대화하고 싶어졌고요, 형수 님과의 이야기를
정리해서 친구들에게도 전해주려고 이 자리를 만들었습니다.

　　먼저 형수 님 소개부터 해볼게요. 제가 사전 조사를 해봤는데, 틀린
내용이 있으면 말해주세요.

형수: 제 개인 정보가 오만 데에 떠돌고 있어가지고….

유리: 정말 그렇더라고요. 현재 장애인학생지원네트워크 대표시죠.
1994년에 장애인 특례입학제도가 만들어졌는데, 그다음 해인
95년도에 해당 제도를 통해 연세대 국문과에 입학하셨습니다. 처음
입학하셨을 때, 대학에 장애인 학습권을 위한 준비가 되어있지
않아서 고생하셨다고 들었어요. 형수 님을 포함한 다섯 분이 함께

장애인권운동 동아리 '게르니카'를 창립하셨고, 지금까지 장애인 고등교육권 운동을 해오셨죠.

형수: 거 왜 이렇게 세세한 걸 다 알아.

유리: 이 장애인 고등교육권이라는 게 뭔지, 잘 모르는 사람들을 위해서 간단하게 설명해주시면 좋을 것 같아요.

형수: 요즘에는 고등교육이라고 쓰면 좀 헷갈리고요. 대학에 장애 학생들이 들어왔을 때 제대로 좀 책임을 져라, 이런 개념입니다. 예를 들면, 저희 때 공대에 여학생이 많이 입학했던 시기가 있었어요. 그런데 당시 공대에 여성 화장실이 없는 거야. 남자 화장실이 열 개 있으면 여자 화장실은 한 개밖에 없는 거죠. 그래서 총여학생회가 "화장실 만들어 달라"고 했더니 학교가 뭐라 했는 줄 알아요? "여학생도 별로 없는데 왜 만드느냐" 그래서 총여학생회가 폭발했죠. 그때 우리도 장애인 화장실이 없어서 오줌통 들고 다니던 시기였는데, 총여가 와서 "우리가 뭔가 해볼까요?" 이래요. 여학생들도 화장실 가려면 집까지 가야 해. 그런 분위기였어요. 그런 의미에서의 가장 기본적인 교육 환경, 학습권을 달라. 이런 거죠. 실제로 학교 다니기가 너무 힘들어서 자퇴한 친구도 많았고…. 지금은 생각도 할 수 없는 기본적인, 정말 기본적인 편의시설 요구. '화장실, 강의실, 도서관 이용하게 해달라'

크게 세 가지야. 가장 기본적인 시설 접근성이 너무 없었기 때문에….

이런 상황 속에서 장애인들도 의견이 갈려서, 한쪽은 "그래도 장애인을 뽑아준 게 어디냐" "대학에서 거부당하지 않은 게 어디냐" 고마워하면서 다녀야 한다는 쪽이었고, 저 같은 경우는 "우리가 등록금을 사백만 원 이상 내는데 고맙긴 뭐가 고맙냐, 돈 낸 만큼 이용하고 다녀야 하겠다"는 입장이었던 거죠. 연세대는 최초의 지체장애인 특수학교를 가지고 있는 대학이었기 때문에 비교적 싸우기 쉬웠죠. 세브란스 재활병원도 갖고 있잖아요. 장애인 고객이 수백 명, 수천 명이기 때문에 장애인 문제에서 자유로울 수가 없어요. "장애 학생 뽑았으니까 책임을 져라. 연세대가 이 정도밖에 안 되냐. 고대는 해주는데" 이러면서.

유리: 전략적으로 옆 학교랑 비교하면서 협상하기도 하셨군요. 그래서인지 지금은, 잘 모르는 비장애인 입장에서 연세대 교정을 보면 엘리베이터와 경사로 등이 다른 학교보다는 잘 되어있다고 생각해요.

형수: 장애인 친구들 덕에 학교가 얻은 이득을 생각해보면 그것도 아주 부족한 수준이에요. 장애 학생 수가 일 년에 백 명 이상 있고, 역사적으로 60년대부터 장애 학생이 들어왔으면 더 잘해야죠. 좀 더 했어야죠.

유리: 제가 듣기로는 도서관 들어갈 수 있게 해달라고, 막 휠체어를
건물에 매달아서 시위를 하셨다고. 중앙도서관 경사로가 그렇게
만들어졌다면서요.

형수: 아! 맞아요. 날아라 슈퍼휠체어.

그때 시위를 많이 하던 시절이라서, 대학생이 모이면 막 십만 명
이런 규모로 모였거든요. 우리는 한 백 명만 있어도 휠체어가 다닐 수
있는 경사로 만들라고 요구할 수 있을 거 같은데, 그런데 우리 쪽수는
열 명도 안 되는 거야. 다 누워있는 애들이고. 화염병을 던질 수 있는
것도 아니야. 그래도 빨리 문제를 해결해야 하잖아요. 이게 이념적으로
갑론을박할 문제가 아니잖아요.

그래서 어떻게 할까, 얘기하다가 좀 눈에 띄어보자. 우리의 상징
휠체어를 중앙도서관에 매달자는 얘기가 나와서. 중앙도서관은 연대
학생들이라면 다 지나다니니까. 근데 우리가 "어떻게 저기에 휠체어를
매달지?" 이러니까 "야, 산악부 형들한테 부탁해" 그래서 산악부
형들한테 의뢰를 했죠. 세브란스 병원 가면 부서진 휠체어가 많아요.
가서 한 열 대를 빌려와서 매달았어요.

우리의 마지막 고민은, 혹시 이런 일을 했다가 잡혀가면 어쩌나
하는 걱정이었어요. 그랬더니 총학생회 형이 "너희가 했다는 거
들키지만 말라고, 정 안 되면 '우리가 시켰다'고 하라고" ㅋㅋ

유리: ㅋㅋㅋㅋㅋ

형수: 그때만 해도 교내에 기자들이 상주해있었거든요. 학교가 우리를

징계하기 전에 먼저 언론에 굉장히 불쌍하게 띄우기도 했어요.

불쌍하면 징계 못 하니까.

유리: 그렇군요. 그래서 경사로가 언제 만들어졌나요?

형수: 일 년 뒤에. 일 년 뒤에 만들어졌어요. 저희는 또 열 받았죠.

왜냐면 연대항쟁 때, 교문이 뜯겼었거든요? 그 뜯긴 문이

이억짜리인데, 이틀 만에 다시 만들더라고요.

유리: 교문 만들 돈은 있지만 경사로 만들 돈은 없다?

형수: "우리는 몇 년을 싸워도 경사로 하나 잘 안 만들어주면서, 저런

건 잘도 만드네?" 하고 열 받아서, 계단을 폭파하려고도 생각했어요.

화학공학과 애들한테 부탁해가지고.

유리: 결국 폭파는 안 하셨군요.

형수: 누가 다칠까 봐.

유리: ^_ㅠ

형수: 당사자들이 물리적인 한계를 갖고 있어서, 어떻게 보면 굉장히 개량주의적 운동 방식을 택했었고…. 내부적으로나 운동 쪽으로는 비판도 많이 받았어요.

저희는, 어떻게 보면 사람들이 약자를 바라보는 그 시선을 에너지로 여기기로 한 거예요. 약자가 강자들을 상대하면서 돌을 던지거나 점거를 하면 강자들이 위협감을 느껴서 공격을 하지만, 오히려 '불쌍해요' '도와주세요' '살려주세요' 하면서 원하는 거 얻어내면 우월감을 느끼면서 해줄 수도 있잖아요. 그땐 지금 당장 학교에서 버티는 게 중요했기 때문에 그럴 수밖에 없었던 거죠.

그런데 제가 지금 이십 년 전으로 돌아가서 또 하라 그러면 안 할 거 같아. 왜냐하면 아쉬울 게 없어요. 이 학교 그만두고 말지.

유리: 네, 아니. 그래서 제가 준비한 다음 질문도 그거거든요. 불편하긴 하지만 그냥 졸업을 하셨을 수도 있어요. 그 당시에 입학했던 장애인 열한 명이 모두 형수 님처럼 활동가가 된 건 아니니까. 형수 님은 왜 운동을 하게 되셨지? 계기가 따로 있는지 궁금했습니다.

형수: 그냥 저는 문제를 해결하는 게 일상화되어 있어요. 그러니까 운동의 관점이 아니라, 내 문제를 해결하는 관점.

처음엔 학교도 겨우 들어갔는데, 잘 버텼는데. 차별도 잘 버티고 입학했으니까 "이제 나도 재밌게 놀아야지, 안 싸워야지" 그랬어요. 그리고 '연세대'라는 간판은 차별을 중화시켜주거든요? 내부적으로는 그 부분이 제일 힘들었어요. 사실 게르니카로 모여서 운동하자고 했을 때, 전 다들 열받아서 '하겠다'라고 할 줄 알았어. 그런데 저하고 후배 한 명… 한 세 명… 네 명… 나머지는 "그래도 입학시켜주는 게 어디냐, 조용히 다니고 싶다"는 친구부터 "난 장애인이 아니다"라고 거부하는 친구까지 다양하게 있었죠. 어쨌든 나도 조용히 살고 싶었는데….

같은 과에 다니는 친구가 돈도 많고 잘나가는 애였는데, 어느 날 갑자기 이대로는 못 살겠대. 더는 오줌통 들고 못 다니겠대. 쪽팔려서. 그런데 "너는 좀 더 돌아다니는 게 가능하니까 네가 뭔가 해봐라. 내가 돈을 대겠다" 이래서, 돈을 대겠다는 말에 혹해서.

유리: 햙ㅋㅋㅋㅋㅋ

형수: 그리고 저희 과에 장애 학생 두 명이 들어온다니까 선배들이 고민을 했던 거예요. '후배를 위해서 우리가 뭔가 해야 한다' 이런 분위기가 있었어요. 그게 제겐 자극이 됐죠. 저들은 비장애인인데 왜 내 문제도 고민할까.

당시 국문과에서 '강의실이 없다' '공간이 없다' 이런 투쟁을 하던 중이었어요. 싸움 막바지였는데, 과 선배가 우리한테 와서 "너희 뭐

힘든 거 없냐" 물어보길래 "문과대 건물에 경사로가 없고 화장실이
없어요" "힘들어요" 이렇게 얘기했죠. 그냥 편하게 얘기한 건데,
그 누나가 단식을 시작했어. 우리 문제를 해결하지 않으면 농성을
그만두지 않겠대. 저 누나가 왜 저러지? 우리도 가만히 있는데
비장애인이 왜? 그런 개인적 경험들.

그리고 우리가 힘들게 이동하고 있잖아요. 강의실 늦어서 막
급하게 가고 있으면 친구들이 울어. 왜 우냐고 하니까 네가 너무 힘들어
보여서 그렇대. 전두환 때려잡는 것도 중요하지만 내 옆에서 휠체어
탄 친구가 강의실에 못 들어오네. '우리도 뭔가 해야 하지 않을까' 그런
분위기.

사실은, 시설이 너무 열악해서 힘들고, 계단에서 구르고, 화가 날
때도 있지만 그건 그때까지 모든 장애인의 삶이었거든요. 석·박사 되고
교수 돼서 끝인 그런 (고학력) 장애인들의 삶이었는데, 많은 장애인이
한꺼번에 특별전형으로 입학하니까 비장애인 친구들이 각성한 거죠.
저는 고등학생 때까지만 해도 옹호 받은 경험이 없었어요. 그래서
'갑자기 왜 대학교에서 나를 옹호하는 사람들이 많아지지' 그런 고민을
시작했어요.

그리고 사회학과에 조한혜정 교수님이라고 있는데, 그분이 우리를
꼬시기 시작했어요. 수업 시간에 미국 장애인 투쟁을 보여주면서
"니들은 뭐 하냐" 이러시길래, "우리는 쪽수도 없고 힘도 없는데요"
이러니까 힘 좋은 사회학과 학생들을 보내주시겠대요. 그래서

갑자기 사회학과 애들이 바글바글 오는 거야. 우리랑 농성을 하면 출석을 인정해준다고 했어. 그런 외부의 지원이 당사자 운동을 하게 만들었어요. 그 시기에 마침 컴투게더(연세대 중앙 성소수자 동아리)가 텐트 치고 있었던 거고. 총여학생회가 있었던 거고.

유리: 여기서 잠시 〈오마이뉴스〉에 기고하셨던 글[1] 인용할게요.

어느 날 사회학과 대학원생 서동진 씨가 연세대 학보인 〈연세춘추〉에 "게이·레즈비언 회원을 모집한다"는 글과 함께 자신의 삐삐번호를 공개했다. 한 달도 안 돼서 대학 최초의 성소수자 모임 '컴투게더'가 만들어졌다. 그리고 중앙도서관 앞에 천막 동아리방이 열렸다.

성소수자가 누구인지 몰랐고 게이나 레즈비언이란 단어도 처음 들었지만, 솔직히 부러웠다. 그분들을 향한 욕설과 혐오조차 부러웠다. 하루가 멀다고 그들을 향한 기사들이 학교 안팎에서 쏟아졌다. 하루는 그 천막에 가서 여쭤봤다.

"저희도 우리의 인권과 문제를 알리기 위해 농성하고 싶어요. 어찌하면 좋을까요?" 우리가 천막에 다다르기도 전에 우리 앞에 무리 지어 앉았던 그들은 대답했다. "우리가 곧 철수하는데 다 남겨주고 가겠다. 천막 간판만 '동성애'에서 '장애인'으로 바꿔 달아주겠다."

그분들이 남겨 준 책상과 서명판을 가지고 학생회관 앞에서 서명 운동을 시작했다. 전동 휠체어를 탄 동기가 고무 타는 냄새가 날 정도로 돌아다니며 사람들을 붙잡고 다녔으나 바삐 가는 사람들을 쉬이 잡을 수는 없었다. 우리는 그렇게 사람 많은 중앙도서관까지 다 들리도록 소리만 빽빽 지르고 있었다.

갑자기 수십 명의 여성이 책상 앞으로 몰려들었다. 양쪽 손 가득히 김밥과 생수를 안겨주고는 서명지와 요구안을 들고 갔다. 한두 시간 뒤에는 더 많은 여성이 몰려왔는데 온몸에 요구안을 손으로 적은 긴 플래카드를 잔뜩 들고 와 우리 앞뒤 가로수에 잔뜩 걸어주고는 서명지도 잔뜩 복사해서 서명을 받기 시작했다. 그 현수막 아래에는 온통 총여학생회라고 적혀 있었다.

해가 지고 나서는 총여학생회에서 짐을 두고 정리하라고 초대받아 올라갔다. 어안이 벙벙해서 물어봤었다. "우리를 왜…?" 그중에 한 분이 조용히 이야기했다.

"너의 문제는 나의 문제, 너의 차별은 나의 차별, 우리는 서로 연결되어 있다."

형수: 네. 이 모든 아귀가 다 맞아서 그렇게 됐죠. 제가 인권 공부를 하거나 그런 게 아니었어요. 저는 평범한 부산 남자, 완전 권위적인 남자였지. 페미니즘이 뭔지도 몰랐죠.

유리: 오~

형수: 주변 여성들 덕분에 배웠어요. 호주제 폐지 운동 있을 때도, 잘 모르지만 "남자 성씨 따르는 거 열 받네요" 하면서 나도 같이 열 받는 척하고. 여성학 수업 들어가라면 들어가고. 후배가 가자고 해서 한국성폭력상담소에서 처음 하는 생존자 보고대회에 다녀온 적 있는데, 아직도 기억에 남아요.

유리: 보면 정말 운동을 많이 하셨고, 최초로 한 일이 많으세요. 그중 기억에 남는 활동. 한 발짝 앞으로 갔다 느껴졌던 순간이 있다면?

형수: 최초라는 건 학벌이 만들어놓은 거죠. 최초가 아닌데, 서울에 있고 연대란 학벌이 있으니까 언론 보도도 되고 그런 거 같아요.

　가장 기억에 남는 건, 군 가산점 위헌 소송에 함께 했던 거. 처음엔 아무것도 모르고 시작했지만, 싸워서 이겨야 하니까 군 가산점 문제에 대해서는 공부를 좀 했어요. 제 이름이 헌법 책에 나옵니다. 많은 남자가 저를 '이대생'으로 알고 있죠.

　학교 경사로 만들고 리프트 만든 건 별로 생색내고 싶지 않은데, '군 가산점 저거는 내가 했거든~ 열 받지~' 하면서 다니고 싶어요. 왜냐면 날 째려봐도 뭔 말을 못해. 처음에는 위헌 판결 났을 때 뭐 테러라도 당할 줄 알았어요. 하지만 아무도 테러하지 않더라고요. 다

이대생들한테만 뭐라 그러지.

유리: "군 가산점제는 군대를 다녀온 많은 남자 중에서도 공무원 시험을 보는 남자에게만 혜택을 주는 제도여서 공무원 시험을 보지 않는 남성들에겐 해당되지도 않는다. 군복무에 대한 보상을 하려면 똑바로 해라" 그런 이야기를 많이 하셨죠?

형수: 군대 문제가 심각하죠. 문제가 있어. 그러면 국방부를 공격해야지. 통일하라고 하든지 모병제 하자고 하든지. 인권적인 군대 문화를 만들라고 해야지. 월급 똑바로 주고.

유리: 다음 글[2])도 자주 인용하셨어요.

장애인 정강용 씨는 91년 총무처 주관 7급 행정직 공채 시험에 응시해서 82.22점이라는 점수를 받았다. 이 점수는 당시 가산 점이 없는 상태에서는 응시자 가운데 차석을 차지한 높은 점수 였다. 하지만 결과는 차석의 높은 점수를 받은 그는 탈락하고, 실제 시험 점수 78.33을 받은 군필자가 그를 밀어내고 가산점 5%를 더해 83.33점으로 시험에 합격하는 일이 벌어졌다. 그리 고 그와 같이 시험에 응시한 동기생 한 명 역시 81점을 받고도, 가산점 5%를 더해 86점으로 전체 순위 5등의 좋은 성적으로 합격할 수 있었다.

이후 군 가산점을 만회하기 위해 하루 열세 시간씩 공부하는 강행군을 한 그는 다음 해인 92년과 93년에 다시 7급 공무원 채용 시험에 응시했지만, 결과는 가산점으로 인한 불합격이었다. 93년의 경우 충청남도 7급 행정직 시험에서 그는 점수로는 합격자 45명 중 28등이었지만 가산점이 적용되자 133등으로 밀려나게 되었던 것이다.

1999년 12월 23일에 마침내 위헌 판결[3]이, 군대 가고 싶어도 못 가는 여성과 신체에 장애가 있는 남자 등에 대해 헌법에 보장되어 있는 평등권과 공무담임권을 침해한다는 판결이 났고요.

형수: 반대하는 사람들이 나에게는 뭐라고 못할 때, 내가 설득한 것 같을 때 받는 쾌감이 있어요.

유리: 학교를 정말 성실하게 다니셨네요. '12년 개근상'을 받으셨다고. 어떻게 그렇게 성실하셨어요. 그리고 그건 정말 체력이 있어야 가능한 일인 거 같은데, 체력 관리를 어떻게 하셨나요.

형수: 놀 데가 학교밖에 없었기 때문에 학교 가는 게 좋았죠. 집에서도 그렇게 훈련시켰어요. 체력이 좋았다기보다는 체력을 쓸 데가

학교밖에 없었는데, 구조적인 한계일 수도 있고. 그렇게 관리를 안 하면 체력적으로 약해질 수밖에 없는 뇌병변 장애다 보니까. 기본적인 훈련이었죠. 가훈이 '학교 가서 죽자'였어요. 그리고 한 팔 년 동안 개근하다 보면 집념이 생겨요. '내가 폐렴 걸려도 학교에 갔는데….' 완성해내고 싶죠. 대학 와서도 기숙사 생활을 했는데, 아침 시간 강의가 있으면 '일어나라 일어나라' 환청이 들려요. 비장애인 세계에서 장애인이 버티기 위한 기초적 훈련이었죠.

유리: 장애 때문에 좋았던 기억이랑 웃었던 기억 얘기를 하셨었는데, 여기서도 얘기해 주세요.

형수: 병원 가는 게 어렵고 힘들었지만 가면 어른들이 보는 잡지도 볼 수 있고, 간호사 선생님이 먹는 바나나 간식도 가끔 얻어먹을 수 있고. 병원 가는 게 좋았어요. 뇌병변 장애가 드물었기 때문에 의사들이 나를 보면서 신기해했어요.

  그리고 장애인 주차장에 주차하면 어머니가 "고맙다~ 막내아들~ 니 덕분에 편하게 다니네~" 이런 것부터 시작해서, 우리 조카가 "삼촌이랑 놀이공원 가면 줄을 안 서서 너무 좋다"고 하는 거. 해석의 힘을 갖고 있는 거죠. 스트레스도 많지만, 그 스트레스를 해석할 힘도 많은 거예요.

  저는 처음부터 장애는 내 책임이 아니라고 배웠기 때문에. 나를 격려해주고, 위로해주고, 있는 그대로 받아주는 경험을 많이 하려고 하고. 그런 상황들을 찾아가고 그런 환경을 만들고. 내 장애와 나의 질병을 좀 즐겁게 받을 수 있는 조건을 만들어요. "비싼 영화 볼 거면 같이 가자. 나랑 가면 반값이다" 그런 말을 우스갯소리로 하지만, 그게 쌓여야 버틸 수 있거든요. 열등감, 분노를 에너지로 바꾸는 연습을 많이 했어요. 내가 비장애인 될 수는 없잖아요. 좋은 것도 있다고 생각하는 거죠. 차별받는 경험 한 번 있으면 존중받는 경험 백 번 있어야 사라져요. 일대일로 대응되면 참 좋겠는데 화나는 일이 하나 생기면 이걸 없애려면 좋은 경험이 백 개는 생겨야 해.

'내 인생이 왜 이래. 짜증 나' 이런 기분이 들더라도, '그래도 아프니까 이런 경험도 해보지' 그런 것들. 친구들의 웃음소리. 그게 쌓여가지고 내 삶의 에너지가 되거든요. 그런 에너지를 충전해야 해요. 그래서 가끔 저는 힘들 때 친한 친구한테 "야, 내가 장애인이어서 좋은 점 얘기해봐" 이래요. 외부에서 에너지를 끌어와야 해요.

유리: 그러려면 나에게도 매력이 있어야 하는 것 같아요. 형수 님 인터뷰나 강의를 보다 보면 매력에 관한 어떤 자신의 철학이 있는 것 같더라고요.

형수: 애인들에게 배운 거예요. 어릴 때는 그런 걸 잘 몰랐어요. 왜냐면 대학 오기 전까지는 또래에게 별로 인기도 없었고, 항상 보호받아야

하고 도와줘야 할 존재였으니까요. 갑자기 대학 와서 게르니카 동아리 활동하고 이러니까 사람들이 저를 불쌍한 장애인이 아니라 동지로, 오빠, 형으로 보면서, 사회적인 역할이 생기는 거예요. 기존에 제가 갖고 있던 사회 경험들이 깨지기 시작했어요. 주변 사람들이 "오빠는 왜 찍찍이 신발만 신어? 이거 안 이뻐" 이렇게 실제로 지적해주기 시작한 거야. 내가 좀 더 멋있으면 좋겠다는 마음으로 지적을 하는 거지. 그 사람들이 계속 지적하니까 저도 배우기 시작한 거죠.

내 애인이 남성성을 요구하잖아요? 그러면 그 요구가 너무 중요한 거예요. 존중받았다고 느끼니까. '내가 불편하고 한계가 있지만, 또 뭔가 멋있는 구석이 있는데, 그러면 여기서 더 멋있어지려면 어떻게 해야 하지? 상대방이 중요하게 생각하는 게 뭐지?' 매너와 에티켓. 궁극적으로 장애와는 아무 관계가 없는 거. 관계 속에서 친구들이나 선배들이 나를 매력적으로 만들어주는 거죠. 그러다 실패해서 연애가 깨지면, 운 좋으면 몇 년 뒤에 만나서 내가 무슨 실수를 했는지, 왜 헤어졌는지 알려주기도 하고.

유리: 와 너무 재미있었다. 퇴근하고 피곤하셨을 텐데 좋은 얘기 많이 해주셔서 감사합니다. 조만간 사무실 놀러 갈게요. 맛있는 거 먹어요.

형수: 좋아요! 8월쯤 날 잡아봅시다!

(그리고 다음 날인 2021년 7월 6일, 코로나 확진자 수가 천 명을 넘어갔다)

- 끝 -

_본 대화는 화상 통화로 이루어졌습니다.
_편안한 분위기에서 친근하게 얘기해주시다 보니 "반말체와 존칭이 섞여 제가 굉장히 시건방져 보인다"라는 형수 님의 의견이 있었습니다만, 유리가 읽기엔 멋있기만 하고 괜찮아서 내버려 둡니다.

1) 김형수, "우리도 농성하고 싶어요" 말한 뒤 벌어진 놀라운 일, '오마이뉴스', 2021.5.8.
2) 김도현, "실질적군문제해결과 군가산제존치방안 철회를 위한 전국비상대책위원회 낮은시선", '장애, 여성, 그리고 군가산제', 전국대학비상대책위원회, 2000, 7p.
3) 헌법재판소, 공무원 채용시험 현역군필자 가산점 제도에 위헌 판결, 1999.12.23.

눈물에는 체력이 녹아있어

초판 1쇄 2022년 9월 21일

지은이 한유리

대표이사 겸 발행인 박장희
제작 총괄 이정아
편집장 조한별
책임 편집 우경진
마케팅 김주희 김다은 심하연
내지 디자인 변바희 김미연

표지 디자인 서주성

발행처 중앙일보에스(주)
주소 (04513) 서울시 중구 서소문로 100(서소문동)
등록 2008년 1월 25일 제2014-000178호
문의 jbooks@joongang.co.kr
홈페이지 jbooks.joins.com
네이버 포스트 post.naver.com/joongangbooks
인스타그램 @j__books

ⓒ한유리, 2022
ISBN 978-89-278-1313-2 03810